Un nuevo rostro

KATHERINE GARBERA

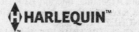

Editado por HARLEQUIN IBÉRICA, S.A.
Núñez de Balboa, 56
28001 Madrid

I.S.B.N.: 978-84-687-0407-4
Depósito legal: M-20661-2012
Editor responsable: Luis Pugni
Fotomecánica: M.T. Color & Diseño, S.L. Las Rozas (Madrid)
Impresión en Black print CPI (Barcelona)
Fecha impresion para Argentina: 11.2.13
Distribuidor exclusivo para España: LOGISTA
Distribuidor para México: CODIPLYRSA
Distribuidores para Argentina: interior, BERTRAN, S.A.C. Vélez
Sársfield, 1950. Cap. Fed./ Buenos Aires y Gran Buenos Aires,
VACCARO SÁNCHEZ y Cía, S.A.
Distribuidor para Chile: DISTRIBUIDORA ALFA, S.A.

Capítulo Uno

–Mírate, Macy, estás todavía más guapa que antes –le aseguró el doctor Justin Webb.

Macy Reynolds sujetó el espejo sin fuerza con la mano izquierda y se lo acercó para poder verse la cara, pero cerró los ojos un segundo antes de hacerlo. Tres años antes había sido una mujer muy guapa. Con dieciocho años había llegado a ser coronada reina de Royal, Texas, pero todo había cambiado en un terrible accidente de tráfico. Había perdido su belleza, a su hombre y la seguridad que tenía en sí misma.

Se suponía que aquella iba a ser la última operación, pero su físico, que en el pasado había dado por descontado, se había convertido en esos momentos en la pesadilla de su existencia. Nunca iba a volver a ser guapa.

El doctor Webb le apoyó una mano en el hombro.

–Confía en mí, Macy.

Ella no estaba segura de poder confiar en ningún hombre que no fuese su padre, que siempre había estado a su lado.

Macy y Harry solo se tenían el uno al otro, pero ella sabía que no podía pasarse el resto de la vida sentada en el despacho del doctor Webb con los ojos cerrados.

Pensó en los niños tan valientes que había conocido en la unidad de quemados del hospital, adonde acudía como voluntaria. A ellos no les daba miedo mirarse al espejo, así que ella tenía que hacerlo también.

Abrió un ojo y, sorprendida por su reflejo, abrió el otro. Tenía la piel clara y sin defectos, como antes. No había cicatrices en ella. Su nariz respingona volvía a ser la de antes. Levantó la mano y se la tocó. Sus ojos no se habían visto dañados en el accidente y su mirada verde era la misma de siempre.

Sus labios eran lo único que había cambiado. Un trozo de cristal le había sesgado el labio superior, dejándole una pequeña hendidura.

–Gracias, doctor Webb –le dijo.

Seguía sin estar perfecta, pero al menos no tendría que volver a operarse.

–Lo ves, estás incluso más guapa que antes –le respondió él.

Macy sonrió y asintió. Dejó el espejo en la cama, a su lado.

–No se lo tome a mal, doctor, pero espero no volver a verlo nunca.

El doctor Webb se echó a reír.

–Lo mismo digo, Macy. La enfermera te traerá el alta dentro de un rato y podrás marcharte.

El médico estaba ya casi en la puerta cuando Macy le dijo de nuevo:

–Gracias. Su duro trabajo supone una gran diferencia en mi vida.

–De nada –le respondió él antes de marcharse.

El teléfono móvil de Macy vibró al recibir un mensaje de texto. Era de su padre: «¿Qué tal ha ido todo?».

Ella pensó en su imagen, aunque sabía que en esos momentos era mucho más que una cara bonita. A pesar del milagro que había realizado el doctor Webb con su rostro, jamás sería la misma.

«Todo bien, papá», respondió.

«Seguro que estás mejor que bien. Nos vemos esta noche en casa».

«Hasta luego».

«Te quiero, mi niña».

«Te quiero, papá».

Su padre y ella estaban más unidos que nunca. Después de que su prometido, Benjamin, la hubiese dejado mientras todavía estaba en el hospital, solo había podido apoyarse en su padre. El accidente de tráfico le había quitado todo lo que tenía.

Pero volvía a ser la de antes. O eso esperaba. Estaba preparada para volver a volar sola y sabía que tenía que abandonar el nido paterno.

La enfermera le llevó el alta y salió de la consulta. Y, por primera vez en mucho tiempo, no se puso inmediatamente las gafas de sol para ocultarse el rostro.

Abrió la puerta del vestíbulo y chocó contra

un hombre. Este la agarró de los hombros para que no se cayese.

—Gracias —le dijo, mirando a los ojos más azules que había visto en toda su vida.

Era Christopher Richardson... con el que había salido en el instituto y con el que había roto porque su padre le había pedido que lo hiciera.

Hacía casi catorce años que no se veían y Macy se sintió... como si no hubiese pasado el tiempo. Chris estaba igual de guapo que en el instituto.

—Macy. Algunas cosas no cambian nunca y tú estás cada vez más guapa —comentó él con cierta ironía.

Ella se ruborizó al pensar en cómo lo había dejado tirado.

—Si no me has visto desde el instituto.

—Es verdad. Cuando una mujer me da boleto, intentó no mirar atrás —le dijo él—. ¿Qué haces aquí?

Macy se preguntó si debía disculparse por lo ocurrido catorce años antes. Sabía que se lo debía.

—Yo... tuve un accidente hace un par de años —le respondió.

Luego se maldijo, podía haberle dicho que iba como voluntaria a la unidad de quemados.

—Sí, algo he oído. ¿Y ya estás bien?

Ella asintió.

—Cada día mejor. ¿Y tú, por qué has dejado la gran ciudad para venir a Royal?

—Mi madre está hospitalizada, pero voy a volver a Royal a reformar el Club de Ganaderos de Texas.

–Vaya –dijo Macy. No se le ocurrió otra cosa. Tal vez Chris pensase que todavía medía a la gente por el volumen de su cuenta bancaria.

Decidió cambiar de tema.

–Espero que tu madre esté bien.

Recordaba a Margaret Richardson como una mujer muy amable y que adoraba a su hijo.

–Va a ponerse bien. Tiene un problema cardiaco, pero los médicos la están cuidando –respondió Chris.

Entonces se hizo un incómodo silencio entre ambos. Chris estaba muy sexy mientras que ella se sentía magullada, estropeada.

–¿Dónde vives ahora? –le preguntó Chris por fin.

–Con mi padre, en el rancho.

Después del accidente, no había tenido otra opción.

–Me sorprende, pero supongo que tiene sentido –dijo él.

–Volví a la ciudad hace poco –le contó ella.

Sabía que no tenía que justificarse ante nadie, pero con Chris sintió la imperiosa necesidad de hacerlo.

–Qué raro. Supongo que siempre pensé que encontrarías a un chico rico y te casarías con él –comentó Chris, pasándose una mano por el pelo rubio.

–Me dejó cuando se dio cuenta de que no era

la belleza texana con la que había soñado –respondió Macy con naturalidad.

–Qué perdedor –dijo Chris.

Ella se echó a reír.

–Era un hombre muy respetable, de una buena familia.

–Si no fue capaz de hacerte feliz, es un perdedor. Yo siempre te quise como persona.

–Vaya, gracias, Chris. Eres justo lo que me ha recetado el médico.

–La verdad es que, ahora que estoy aquí, me vendría bien la opinión de alguien que vive en Royal para saber qué está pasando en el club. ¿Cenarías conmigo esta noche?

Ella se lo pensó un minuto, a pesar de saber que sí que quería cenar con él.

–Por supuesto. Y, con un poco de suerte, te presentaré a la que será la próxima presidenta del club, Abigail Langley.

–He oído que todas las viudas e hijas de miembros del club están haciendo campaña en su favor. Esa es precisamente la información que necesito antes de ponerme manos a la obra.

–Es verdad. Ya va siendo hora de que las mujeres y los hombres sean iguales en el Club de Ganaderos de Texas. Mi padre y sus amigos todavía no saben lo que van a hacer. Tex Langley fundó el club hace cien años y, desde entonces, siempre habían tenido a uno de sus herederos como miembro. Cuando el marido de Abby falleció, decidieron hacerla a ella miembro honorario.

–Yo no me voy a meter en eso. Solo soy el promotor inmobiliario. ¿Qué te parece si quedamos a las seis y media? Si vas a estar en casa de tu padre, ya sé la dirección.

–Me parece perfecto. Hasta luego.

Macy se alejó consciente de que Chris la estaba observando. Por fin empezó a notar que recuperaba la confianza que había perdido después de que Benjamin la dejase. Quería fingir que era porque no tendría que volver a operarse, pero en el fondo sabía que era gracias a Chris.

Chris Richardson había jugado en el equipo de fútbol del instituto, lo que, en Royal, Texas, convertía a cualquier chico en algo parecido a un dios. Por aquel entonces, ella había estado acostumbrada a conseguir todo lo que se proponía, así que Chris había sido suyo al final del penúltimo año de instituto. Habían salido juntos en verano y al volver a clase, pero después su padre la había obligado a terminar con la relación.

Harrison Reynolds no había querido que su hija saliese con un chico cuyo padre trabajaba en la petrolera, quería que saliese con el hijo del dueño de la petrolera. No quería que saliese con un chico cuyo padre no era miembro del Club de Ganaderos, lo que significaba que él tampoco lo sería nunca.

Echando la vista atrás, Macy deseó haber sido diferente y haber luchado por Chris, pero no lo había hecho y, en ocasiones, se preguntaba si le habría hecho falta el accidente para cambiar.

De lo que sí estaba segura era de que nunca se había olvidado completamente de Chris y de que se alegraba de que hubiese vuelto a Royal.

Chris vio alejarse a Macy. El balanceo de sus caderas y sus increíbles piernas le recordaron por qué se había marchado de Royal al terminar el instituto. Al padre de Macy le había dado igual cómo jugase al fútbol por entonces, porque no procedía de la familia adecuada.

Pero en esos momentos estaba allí para ver a su madre y para trabajar en la reforma del Club de Ganaderos de Texas. Uno de los clubes más lujosos y exclusivos del estado, al que solo podían acceder las familias con el pedigrí y la cantidad de dinero adecuados. Su padre no había tenido ninguna de esas dos cosas, aunque, en esos momentos, él tuviese más dinero del que hacía falta para comprar el club.

Tomó el ascensor hasta el sexto piso y preguntó por la habitación de su madre en el control de enfermería. Atravesó el pasillo, abrió la puerta y la encontró sentada, viendo la televisión.

–Hola, mamá.

–¡Chris! Pensé que no ibas a llegar nunca.

Su madre buscó el mando a distancia, pero Chris estaba a su lado antes de que lo encontrase. Le dio un fuerte abrazo y un beso. Y el mando. Ella quitó el sonido, que estaba muy alto, ya que no oía tan bien como antes.

–Es una exageración, mamá, hasta viniendo de ti. Mira que caerte para que venga a verte. Sabías que iba a venir de todos modos el fin de semana por lo del Club de Ganaderos de Texas.

Ella sacudió la cabeza y sonrió.

–Supongo que Dios ha decidido que te necesitaba antes del fin de semana. ¿Cómo has tardado tanto tiempo en llegar?

–Me he encontrado con Macy Reynolds.

Su madre se puso más recta. Nunca le había gustado que Macy lo dejase.

–¿Y qué le has dicho? –quiso saber Maggie.

–Nada, solo hemos estado charlando un poco. Voy a cenar con ella esta noche –le contó Chris, intentando no darle importancia.

Pero aquella era su madre y lo conocía mejor que nadie en el mundo.

–¿Te parece sensato?

Él se encogió de hombros.

–No tengo ni idea, pero seguro que es divertido. Ha cambiado.

–Ya me enteré de lo del accidente –comentó Maggie.

–¿Qué ocurrió? –le preguntó Chris mientras tomaba una silla y se sentaba cerca de la cama de su madre.

Ambos tenían el mismo pelo rubio y grueso, aunque Maggie lo llevaba liso, con un corte moderno. También se parecían en los ojos, azules, pero ella tenía la nariz pequeña y unos labios generosos.

–Salió en las noticias. Iba en su BMW descapotable cuando le dieron un golpe por detrás y su coche se quedó empotrado contra un enorme camión. El coche ardió en llamas, así que tuvo suerte de salir viva, aunque, según he oído contar en la cafetería, quedó llena de horribles cicatrices.

–No todos los cotilleos que circulan por ahí tienen que ser ciertos –le dijo Chris.

En el Royal Dinner servían la mejor comida grasienta de toda la zona, pero también era un hervidero de historias que no siempre eran verdad.

–Pues este sí. Macy tuvo que volver con Harrison y ha pasado por muchas operaciones en los últimos años. Era desolador, Chris, verla cubierta de vendas. Y estuvo al menos los primeros seis meses sin poder andar.

A él se le encogió el estómago al pensar en lo mucho que Macy debía de haber sufrido. Sacudió la cabeza.

–Pues ahora parece que está mucho mejor.

–Eso dicen. ¿Y tú? ¿Cómo va el tema de club?

–Por ahora no puedo contarte mucho, mamá. Voy a reunirme con Brad Price y después empezaré a trabajar en mi proyecto. Por ahora solo tengo una ligera idea de qué es lo que quieren.

–¿Vas a ir al club hoy? –le preguntó Maggie.

–Sí. Voy a tener acceso libre al club mientras esté trabajando en el proyecto.

–¿Y dónde te vas a quedar?

–Contigo. Te vendrá bien estar acompañada

cuando te den el alta. Además, los médicos todavía no saben qué te pasa exactamente.

–Bueno, no hace falta que te quedes conmigo, pero me alegro de que quieras hacerlo. Te echo de menos, Chris.

Él se levantó y sonrió a su madre. Le dio un beso en la frente y luego la tapó mejor.

–Yo también te he echado de menos, mamá, mucho.

Charlaron unos minutos más, pero después tuvo que marcharse. Había quedado con Brad, que estaba decidido a convertirse en el siguiente presidente del club y, dado que era hijo de una de las familias más adineradas de Royal, casi todo el mundo pensaba que tenía muchas posibilidades de ganar. Chris quería echar un vistazo a las instalaciones del club para saber exactamente con qué estaba trabajando.

–Volveré a verte luego, antes de ir a cenar –le dijo a su madre.

–Perfecto. Buena suerte con la reunión –le respondió Maggie.

Chris se marchó con la impresión de que su madre no tenía ni idea del éxito que tenía en su vida profesional, pero no le importaba. En realidad, a los únicos que quería dejárselo claro antes de volver a Dallas era a Macy y a Harrison.

Nada más salir del hospital se acordó de lo calurosos que eran los veranos en Texas. Se aflojó la corbata, sacó unas gafas de sol y abrió su Range Rover HSE con el mando a distancia. No tardaría en llegarle el Porsche, que había pedido que le llevasen desde Dallas.

Quería que todos los vecinos de Royal se diesen cuenta de que Chris Richardson había vuelto, y con mucho dinero. Tal vez no fuese miembro del Club de Ganaderos de Texas, pero se sentía orgulloso al saber que tenía el suficiente dinero para poder llegar a serlo si quería.

Se preguntó qué coche conduciría Macy. Tenía que haberse informado más acerca de su accidente. No se imaginaba a la niña que siempre había vivido en un cuento de hadas tener que pasar por algo así, pero la vida no siempre era como uno esperaba. Esa noche, él cenaría en el Club de Ganaderos de Texas con Macy. Qué vida tan dulce.

Macy no podía dejar de mirarse en el espejo a pesar de saber que no debía hacerlo, así que se obligó a volver al ordenador. Tenía mucho trabajo por hacer antes de ir a cenar con Chris.

Chris Richardson. Jamás había pensado que volvería a verlo. Ojalá pudiese decir que el paso de los años no le había sentado bien, pero no era así. Si le hubiese salido barriga cervecera y se hubiese quedado calvo, tal vez en esos momentos no estuviese tan nerviosa, deseando que llegasen las seis y media.

Llamaron al timbre y Macy se puso recta y salió del despacho que tenía en casa de su padre.

Oyó a Jessie, el ama de llaves de este, hablando con alguien. En el pasillo, sonrió al ver a Abigail Langley.

Abby y Macy habían ido juntas al instituto aunque, en realidad, solo se habían hecho amigas de verdad después de su accidente. Después, el año siguiente, Abby había perdido a su marido a causa de un aneurisma y Macy había tenido la oportunidad de devolverle el apoyo.

Abby tenía una larga melena pelirroja y los ojos azules. Era guapa, alta, y andaba como si estuviese en su casa. Macy envidiaba aquella seguridad. Había pensado que, al recuperar su rostro y volver a caminar gracias a las operaciones, iba a ser suficiente, pero esa tarde se había dado cuenta de que no era así.

–Hola, Abby.

–¡Hola, preciosa! Estás increíble. No hace falta que te pregunte qué tal en el médico.

Macy se ruborizó.

–Pues yo sigo sin gustarme.

Abby le puso un brazo alrededor de los hombros.

–Claro que sí. Eres una persona nueva.

–Supongo que tienes razón. ¿A qué no adivinas con quién me he encontrado en el hospital? –le preguntó Macy a su amiga de camino al salón.

En la pared había un retrato de ella con dieciocho años y Macy se sentó dándole deliberadamente la espalda. Odiaba ver fotografías de antes

15

del accidente. No le gustaba que le recordasen cómo había sido entonces.

–Christopher Richardson –dijo Abby, guiñando un ojo.

–¿Cómo lo sabes?

–Tengo mis fuentes. ¿Qué te ha contado?

–No mucho. Vamos a cenar juntos esta noche. Quiere que le cuente cotilleos acerca del club. Ha vuelto para encargarse de la reforma.

–No lo sabía. Creo que voy a tener que hablar con el señor Bradford Price.

–No estaba segura de si estabas al corriente o no –confesó Macy.

Se rumoreaba que Abby era descendiente de la infame bandolera texana Jessamine Golden y había hecho historia por ser la primera mujer a la que le habían permitido ser miembro del Club de Ganaderos de Texas.

La tragedia las había unido a ambas. Después del accidente, mientras Macy luchaba por recuperarse, Abby había estado a su lado en todo momento, cosa que jamás olvidaría.

Abby no dijo nada más y a Macy le preocupó su amiga. Sospechaba que Abby quería convertirse en la siguiente presidenta del club para distraerse y no pensar en que Richard ya no estaba allí.

–¿A qué casa va a ser la próxima a la que llevemos los flamencos?

–A la de la señora Doubletree, pero antes tenemos que ir al club.

–Estupendo. ¿A qué hora y cuándo?

—Esta noche, pero si no puedes venir porque tienes la cena, lo comprenderé. De hecho, creo que vamos a hacerlo mientras tú cenas. Ya nos ayudarás la próxima vez.

Macy odiaba no poder ayudar a Abby en esa ocasión. Como había pasado tres años cubierta de vendas, solo había podido colaborar con ella desplazando los flamencos de plástico de jardín en jardín de las familias más pudientes de la comunidad.

Los dejaban en un jardín y su dueño pagaba al menos diez dólares por ave para que se los llevasen de allí y los dejasen en otra propiedad. El dinero recaudado era para una casa de acogida que dirigía Summer Franklin en un pueblo cercano, Somerset.

Macy siempre había colaborado en obras benéficas y había estado en la junta de la Fundación Reynods desde que había cumplido los veintiún años, pero normalmente solo se dedicaba a firmar cheques y a organizar galas. Así que salir a la calle a hacer cosas era nuevo para ella.

—Intentaré llegar. En realidad, es en lo único en lo que he podido ayudaros —dijo.

—Has hecho mucho más que eso —la contradijo Abby—. Me has ayudado muchísimo con mi campaña.

—Porque pienso que ya va siendo hora de que por fin haya mujeres en el club.

—Por supuesto. Y cuando me convierta en presidenta, voy a realizar muchos cambios.

–Me alegra oírlo –admitió Macy.

Luego estuvieron charlando unos minutos después y Abby se marchó.

Macy subió al piso de arriba y se dio un baño. No quería ponerse nerviosa pensando en la cena, pero era la primera vez que salía con alguien después de que su prometido la hubiese dejado. Y eso hacía que fuese una ocasión importante.

Pensó en su cuerpo lleno de marcas y en cómo se había sentido después de la primera operación. No se quería mirar al espejo, pero su psiquiatra insistía en que tenía que aceptarse si quería dejar aquello atrás y continuar con su vida.

Dejó caer la toalla y se puso delante del espejo, recorriendo su cuerpo desnudo con la vista. Vio la cicatriz del costado derecho, se fijó en que había perdido músculo en la parte interna de los muslos.

Notó que los ojos se le llenaban de lágrimas y se mordió el labio inferior. Su cuerpo no iba a cambiar a mejor. Se iba a quedar así. Volvió a mirarse el rostro y, por un momento, casi le dolió que este estuviese «normal» y el resto no. Ni siquiera por dentro era la misma.

Prefirió no darle demasiadas vueltas al hecho de ir a salir con Christopher Richardson. Este había sido su primer amor y no estaba segura de haber llegado a olvidarlo. Por aquel entonces había sido joven e impetuosa y, al conocerlo, le había parecido que Chris era como una fruta prohibida. Lo había deseado porque su padre no había querido que saliese con él. Era consciente de que lo había utilizado, e iba a tener que disculparse. La chica que había sido antes del accidente habría podido hacerlo con su habitual estilo, pero ella ya no era aquella chica y, de repente, tenía miedo.

Capítulo Dos

Macy fue en coche al club porque después había quedado con Abby para trasladar los flamencos, pero también porque no quería depender de Chris para volver a casa aquella noche. El salón tenía la típica decoración texana, con mucha madera oscura y retratos de sus fundadores en las paredes.

Fue a la zona del bar y se pidió una copa de vino blanco mientras esperaba a Chris. Odiaba estar sola en un lugar público, aunque hubiese estado toda la vida yendo al club. Se sentía expuesta por culpa del accidente.

Tenía la sensación de que todo el mundo la miraba y hablaba de ella a sus espaldas. Era consciente de que eran imaginaciones suyas, pero Royal era una ciudad pequeña, en la que todo se sabía, y Macy odiaba ser el centro de la atención. De joven, antes del accidente, había intentado hacer cosas temerarias para que la gente se fijase en ella, pero en esos momentos deseaba poder ser invisible.

–¿Macy?

Miró hacia el final de la barra y vio a su padre con uno de sus socios. Harrison formaba parte de la vieja guardia del club, y estaba intentando ser leal después del escándalo en el que había estado implicado Sebastian Hunter un par de años antes. El desfalco de su amigo lo había pillado por sorpresa.

–Hola, papá –lo saludó, dándole un beso cuando se acercó.

Él le levantó la barbilla y Macy supo que estaba buscando la cicatriz que había tenido en la mejilla izquierda. Su padre había sido el primero en verla después del accidente ya que Benjamin, su prometido, no había tenido valor para hacerlo. Así que había sido Harrison quien había entrado en la habitación, le había dado la mano y le había dicho que seguía siendo su princesa.

–Preciosa –le dijo, dándole un beso en la frente.

Ella contuvo las lágrimas.

–Gracias, papá.

Harrison le dio un pañuelo y, luego, un abrazo. Macy enterró el rostro en su hombro, como había hecho de pequeña cuando estaba triste.

–¿Qué estás haciendo aquí, Mace? ¿Habíamos quedado a cenar y se me ha olvidado? –le preguntó él.

–La verdad es que no. He quedado con alguien –respondió ella.

No sabía cómo iba a tomarse su padre que fuese a cenar con Chris, así que no dijo su nombre. Era evidente que Chris había cambiado desde el instituto, pero, esa noche, quería vivir el cuento

21

de hadas. Se sentía como la Bestia encerrada durante mucho tiempo. Y quería sentirse atractiva y disfrutar cenando con un hombre guapo. Chris y ella siempre habían hecho muy buena pareja.

–Me alegro. Quería que saliésemos a celebrar la última operación, pero ya sabes que tengo mucho trabajo.

Su madre había fallecido cuando Macy era niña y, desde entonces, se había quedado sola con su padre. Siempre celebraban las cosas a su manera y cuando podían. Y Macy estaba segura de que su padre la recompensaría.

–Ya lo sé.

Macy era consciente de lo mucho que trabajaba su padre. Era el propietario de una de las mayores empresas de construcción de Texas y viajaba mucho. Además, jugaba al póker en Midland todas las semanas y, dos veces al año, se iba de viaje, a pescar con sus amigos.

El camarero lo llamó y Harrison dudó.

–¿Quieres que me quede esperando contigo?

Macy le sonrió.

–No, estoy bien. Vete. Nos veremos mañana en el desayuno.

Él le dio un abrazo y se alejó. Macy se giró hacia la barra y dio un sorbo a su copa de vino. Y luego vio a Chris, que acababa de llegar.

–Siento haberte hecho esperar –se disculpó–. Una cerveza, por favor –le pidió al camarero.

–Ahora mismo, señor.

–No pasa nada. He sido yo la que ha llegado

antes de tiempo. Desde el accidente… conduzco más despacio –le dijo.

–Tienes que contarme todo lo que ocurrió, aunque ya me ha adelantado algo mamá –le contestó él–. Vamos a sentarnos en una mesa mientras nos llaman para pasar al comedor.

Ella asintió y Chris la condujo hacia una de las pequeñas mesas que había en un rincón. Macy se sentó y esperó a que él hiciese lo mismo.

–Entonces, ¿qué ocurrió? Mamá me ha dicho que te quemaste –le dijo él.

Macy se encogió de hombros.

–Es la primera vez que alguien me pide que se lo cuente, como salió en las noticias…

–En Dallas, no.

–No sé qué decirte. Un camión me dio un golpe por detrás y fue horrible… todo el mundo dice que es un milagro que saliese viva.

Se quitó el anillo que llevaba en la mano derecha y empezó a jugar con él, luego se lo volvió a poner. No quería hablar del accidente. En realidad, casi no se acordaba de nada.

–Pues me alegro mucho de que tuvieses tanta suerte, Macy.

El camarero llegó con su cerveza. Macy lo estudió con la mirada mientras le daba un sorbo. No había cambiado nada desde el instituto. Sus rasgos habían madurado, pero estaba todavía más guapo que entonces.

Chris arqueó una ceja y ella se ruborizó.

–Los años te han sentado bien –comentó, intentando encontrar las palabras para pedirle perdón por haber sido tan inmadura.

–No me puedo quejar. He trabajado mucho, pero me ha ido bien.

–Me has dicho que habías venido a Royal por trabajo.

–Eso es, voy a hacer un proyecto para ampliar y reformar el club.

Macy ladeó la cabeza y lo miró fijamente.

–¿Quién te lo ha encargado?

–Brad Price. Fuimos juntos a la universidad.

–¿Fuiste a Austin?

–Sí señora.

–Pensé que te querías marchar de Texas cuanto antes –le dijo ella.

–Pero cambié de planes. Me gradué con la mejor nota de la clase… así que me salía más barato estudiar en Texas.

–Ah, se me había olvidado que, además de ser guapo, eras muy listo.

–Eso no, la guapa siempre fuiste tú.

Macy se metió un mechón de pelo detrás de la oreja.

Ya no era la misma de antes.

–Por aquel entonces era un poco insoportable.

–De eso nada. Eras guapa y estabas muy segura de ti misma. Todos los chicos querían salir contigo.

–Pues ya no soy así. Y yo solo quería salir con uno.

–Y lo conseguiste. Fui tuyo. ¿Por qué has perdido la seguridad?

Macy se dio cuenta de que se sentía rara esa noche. Casi triste. No iba a decir en voz alta que ya no era guapa. No se lo iba a decir a Chris, sobre todo, porque tal vez quisiese vengarse de ella por cómo lo había tratado en el pasado.

–Ya no soy tan superficial como entonces. Después del accidente, empecé a trabajar con niños en el hospital, en la unidad de quemados, y me di cuenta de que, en realidad, la belleza no tiene nada que ver con el físico.

–¿Y con qué tiene que ver entonces? –le preguntó él antes de darle otro sorbo a su cerveza.

–No puedo definirlo, pero sé que tiene que ver con el interior. Con la manera en que una persona se comporta con las demás.

Chris sacudió la cabeza.

–Es verdad que has cambiado.

Antes de que a Macy le diese tiempo a contestarle, los llamaron para que pasasen al comedor. Se levantó y Chris le puso la mano en la espalda para guiarla. Era una mano grande y caliente y Macy se alegró de haberse encontrado con él. Estar en su compañía esa noche hacía que se diese cuenta de todo lo que se había estado perdiendo.

Chris se pasó la noche recordando por qué se había enamorado de Macy en el instituto. Era divertida, alegre y tenía un ingenio que siempre lo hacía reír. Además, era muy inteligente y un poquito tímida. La timidez era nueva. La chica de antes no era tímida.

Esa debía de ser la diferencia, que Macy ya no era una chica, sino una mujer, y que la vida le había dado más de una sorpresa. Le dio miedo confiar en ella esa noche. Ya le había hecho daño en una ocasión.

—¿Por qué me miras así? —le preguntó ella, dándole un sorbo a su copa de vino.

—Porque no eres como esperaba —confesó Chris, optando por decir la verdad, como hacía siempre.

—¿Qué quieres decir? —quiso saber Macy, inclinándose hacia delante como si le interesase mucho la respuesta.

—Bueno, la verdad es que, después de que me dejases, deseé que los años te tratasen mal y te pusieses gorda y fea.

—¿Y te sientes decepcionado al ver que no ha sido así? —preguntó ella riendo.

Tenía una risa efervescente que hizo que Chris sonriese. Se sentía bien solo con oírla reír aunque, al mismo tiempo, tuvo la sensación de que hacía mucho tiempo que no reía.

Él negó con la cabeza. ¿Cómo no iba a desear que siguiese tan guapa y sexy como siempre? A pesar del calor que hacía en Royal en agosto, seguía pareciéndole fría e intocable.

—En absoluto, pero ese no es el motivo por el que te estaba mirando. Cuando éramos adolescentes, parecía que ibas a ser una chica con una vida de cuento, y no me parece que te hayas amargado porque no haya sido así.

Ella se encogió de hombros y un mechón rubio le cayó hacia delante. No tardó en metérselo detrás de la oreja.

—No puedo cambiar lo que ocurrió, así que no merece la pena lamentarse, ¿no?

—No todo el mundo lo vería así.

Al parecer, Macy no era consciente de lo especial que era, pero nada de lo que dijese lo convencería de que su actitud no era heroica. Le gustaba la manera en la que parecía haberse adaptado a los cambios de su vida y se alegraba de ser el primer hombre que la había invitado a salir después de su última operación.

—Ahora soy así. Además, si no hubiese sido por el accidente, no habría empezado a trabajar en la unidad de quemados del hospital.

—Ah, sí, ya lo has dicho antes. ¿Ahora te dedicas a la medicina?

—No, pero soy la administradora de la Fundación Reynolds.

—¿Qué fundación es esa?

—Es una organización benéfica que creó mi padre después de la muerte de mi madre. Da dinero a diferentes organizaciones, algunas relacionadas con la investigación y con la atención a personas desfavorecidas. Comencé a trabajar en ella cuando terminé la universidad. Después de empezar como voluntaria en la unidad de quemados, la metí también en la fundación. Además, soy analista financiera en la empresa de mi padre.

—Parece que estás muy ocupada. ¿Te gusta tu trabajo?

—Sí. ¿Y tú? ¿Cómo se siente uno siendo un importante promotor inmobiliario?

—Trabajo bastante por todo el estado.

—Más que bastante. Cada vez que abro las páginas de negocios del periódico está tu empresa con un proyecto nuevo.

—¿Y piensas en mí cuando lo ves?

—Tal vez.

—No imaginaste que me iría tan bien, ¿verdad?

Había pasado más de una noche en vela a lo largo de los años pensando en Macy y en lo que esta pensaría de su éxito.

—Era joven, Chris. La verdad es que no pensaba mucho en nosotros, ni en el futuro.

—Los dos éramos jóvenes.

—No estaba lo suficientemente segura de mí misma para plantar cara a mi padre, aunque en el instituto pareciese lo contrario.

Él le dio otro trago a su cerveza. Prefería no hacer ningún comentario al respecto. A pesar de su juventud, él sí que había estado enamorado de Macy.

—¿Y ahora?

—No lo sé. Solo estoy empezando a darme cuenta de quién soy. El accidente ha hecho que tenga que revaluar mi vida.

–Ya lo veo. Y ahora eres una de las alborotadoras que quiere que el club admita a mujeres.

–Sí, lo soy. Creo que ya va siendo hora de que las cosas empiecen a cambiar en Texas.

Chris se echó a reír por la manera en que Macy dijo aquello. Su empresa tenía la sede en Dallas, que no se parecía nada a aquella parte de Texas. Allí, las cosas cambiaban más lentamente y los hombres seguían siendo hombres.

–Será interesante ver qué ocurre –comentó.

No podía imaginarse el Club de Ganaderos de Texas lleno de mujeres. El respeto por las tradiciones era uno de los motivos por el que era un lugar tan exclusivo.

–Yo creo que vamos a ganar –le dijo Macy–. Las mujeres siempre hemos tenido ciertas ventajas al negociar con los hombres –añadió, guiñándole un ojo.

Macy siempre había sabido cómo salirse con la suya. Ese debía de ser el motivo por el que él había terminado saliendo con ella, pero había madurado, era más sensato.

No obstante, seguía sintiéndose atraído por aquella mujer.

Y sabía que podría manipularlo sin mucho esfuerzo si se lo proponía.

–Es cierto. Y las mujeres de Royal saben muy bien cómo sacarles partido.

Él mismo había sufrido su poder de persuasión en el instituto, cuando no había sido capaz de negarle nada. Incluso cuando había roto con él, Chris había tenido la sensación de que todo había sido culpa suya.

–Lo dices como si fuese algo malo –comentó Macy.

–No.

Desde el inicio de los tiempos, las mujeres siempre habían sabido qué hacer para conseguir que los hombres hiciesen lo que ellas querían.

–Siempre me gustó verte sonreír, así que supongo que estaría dispuesto a hacer lo que fuese necesario para que sonrías –le dijo.

Hasta se había alejado de ella por su bien, para que su padre dejase de hacerle la vida imposible.

–¿Todavía te gusta mi sonrisa? –le preguntó Macy–. Me han hecho un blanqueamiento dental y una ortodoncia y papá siempre ha dicho que podría conseguir cualquier cosa con esta sonrisa.

Chris se inclinó hacia delante y le puso la mano debajo de la barbilla, le hizo girar la cabeza de un lado a otro y estudió su bonita boca.

–¿Puedes fruncir el ceño?

Macy se echó a reír y luego hizo un puchero. Él le pasó el dedo pulgar por el labio inferior.

–Ahora, sonríe.

Ella sonrió y Chris se sintió como si le acabasen de dar una patada en el estómago. Se le había olvidado lo mucho que le afectaba una sonrisa de Macy. Y aquella era una sonrisa de verdad.

–Sí. Me parece que sigues teniendo cierto poder sobre mí con esa sonrisa.

A pesar de que había pasado mucho tiempo, ninguna otra mujer le había gustado tanto como ella. Aunque no quisiese admitirlo, se había acordado mucho de Macy a lo largo de los años y le satisfacía estar en su compañía esa noche.

–Lo recordaré. ¿Cuánto tiempo vas a quedarte en la ciudad, Chris?

–Al menos todo lo que queda del mes de agosto. Tengo que supervisar un proyecto en Dallas, así que tendré que volver allí en septiembre. ¿Por qué, ya tienes ganas de que me marche?

–En absoluto –respondió ella, inclinándose hacia delante y pasando el dedo índice por sus nudillos.

Sus miradas se cruzaron y Chris sintió que el resto de la gente que los rodeaba desaparecía, que estaban los dos solos.

–Te echaría de menos si te marchases hoy –le dijo Macy–. Siento que no siguiésemos en contacto cuando te marchaste de Royal. Creo que me da pena no haberte visto madurar y convertirte en el hombre que eres hoy.

–A mí también me habría gustado verte antes del accidente, para poder decirte que ahora estás mucho más guapa.

Levantó la mano y pasó el dorso por sus labios. Sabía que estando en un lugar tan conservador era la única muestra de cariño que podía tener con Macy, aunque le apetecía hacer mucho más y, en esa ocasión, no iba a marcharse sin conseguir lo que quería.

–Tú y yo tenemos que hablar, Richardson –le dijo Harrison Reynolds, sacándolo de su ensimismamiento.

Era un hombre alto y corpulento, que calzaba botas de novecientos dólares y siempre llevaba un sombrero Stetson en la cabeza. Si había alguien que encajaba bien en aquel club, ese era Harrison.

Chris se apartó de Macy. Al parecer, había más de una cosa que no había cambiado con el paso del tiempo. Se preguntó si alguna vez tendría el dinero suficiente para que Harrison lo aceptase. Porque era evidente que seguía pensando que no era lo suficientemente bueno para su hija.

Macy fulminó a su padre con la mirada. ¿Por qué tenía que estropearle la noche? Aunque no sabía que aquello era una cita. Debía de pensar que estaba hablando con Chris del club.

–¿De qué tenemos que hablar, Harrison? –preguntó Chris, sonriendo al padre de Macy afablemente.

Ella no se había dado cuenta de que aquella sonrisa era fingida hasta entonces. De repente, se preguntó si no habría estado intentando ganársela para después vengarse por cómo lo había dejado. Aunque no podía ser. Habían pasado siglos desde el instituto y Chris nunca le había parecido una persona vengativa.

–De tus prejuicios en contra de Reynolds Construction. ¿Acaso no somos lo suficientemente buenos para ganarnos un lugar en alguno de tus proyectos? –le preguntó Harrison, tomando una silla de la mesa de al lado y sentándose con ellos–. Hola, Macy.

–Hola, papá.

–Seguro que nos habéis pedido un precio demasiado alto. Nunca doy tratos preferenciales a nadie –respondió Chris.

–Tonterías. Tú y yo tenemos cuentas pendientes, gracias a Macy, aquí presente.

–Harrison, jamás permitiría que nada se interpusiese en mi camino a la hora de ganar dinero. Y tú deberías saberlo mejor que nadie. Seguro que vuestras ofertas eran demasiado altas. Pásate por mi despacho mañana y le echaré un vistazo a mis archivos, a ver qué encuentro.

–Allí estaré. He oído que vas a reformar el club y quiero participar en la obra.

–Papá –dijo Macy en tono exasperado.

–Macy. Déjanos esto a Christopher y a mí –respondió él.

Ella puso los ojos en blanco y volvió a meterse un mechón de pelo detrás de la oreja.

–Me encantaría, pero me estás estropeando la cena. Es la primera vez que salgo con un hombre desde hace casi tres años, así que te agradecería que te marcharas.

Su padre la miró y Macy se dio cuenta de lo que acababa de decir.

–Espera un momento. ¿Estás saliendo con un hombre?

–Sí –le respondió Macy en tono desafiante.

–¿Con Richardson?

–Es el principal promotor inmobiliario de Texas, papá.

Y Chris supo que, procediendo de una familia trabajadora, no podría estar allí sentado con la señorita Macy Reynolds si no se hubiese hecho rico por sí mismo.

Harrison sacudió la cabeza.

–No sé si estoy de acuerdo.

–Papá, no digas nada más. Esto no es un debate –le replicó Macy.

–Bueno, pues ya hablaremos de ello mañana, Richardson.

Harrison se levantó y, unos segundos después, había desaparecido.

–Lo siento –le dijo Macy a Chris, avergonzada por el comportamiento de su padre.

Chris se echó a reír.

–No te preocupes. Si mi empresa no está siendo imparcial con la suya, tengo que saberlo.

–Vale, pero ¿y nosotros? No quiero…

–¿Qué vuelva a ocurrir lo que ocurrió?

Él tampoco. Quería poder salir con ella y conocerla mejor sin que su padre interfiriese.

–Sí, aunque sé que no va a ocurrir. Quiero que sepas que siento mucho haber terminado contigo así –le dijo, mordiéndose el labio inferior mientras esperaba a que Chris le respondiese.

—Yo también.

Chris sonrió. Le gustaba mucho Macy y su sinceridad. Era refrescante, en comparación con las mujeres con las que había salido últimamente, que solo intentaban ser como pensaban que él quería que fuesen, en vez de ser ellas mismas. Macy era diferente.

—No te preocupes —añadió—. ¿Por dónde íbamos? Creo que me estabas diciendo que me habías echado de menos.

—¿Eso he dicho? No me acuerdo. ¿Por qué iba a echarte de menos?

—Porque, en realidad, no nos dio tiempo a conocernos cuando éramos unos críos —le explicó él.

Chris nunca había podido evitar acordarse de ella de vez en cuando. Como en otoño, cuando el suelo se cubría de jacintos cerca de su trabajo, siempre se acordaba de la primera vez que la había besado y de lo dulces e inocentes que eran sus besos.

—Tal vez tengas razón. Por aquel entonces estabas muy metido en el equipo de fútbol —le dijo ella—. Lo recuerdo porque fue así como me fijé en ti, jugando al fútbol. Me diste un motivo por el que gritar de alegría.

—Me acuerdo de cómo me animabas.

—Por supuesto. Mi equipo era el mejor… Pero de eso hace mucho tiempo. Entonces pensaba que Royal era el centro del universo.

—¿Te llegaste a marchar de aquí? —le preguntó

Chris, dándose cuenta de que, aparte del accidente, no sabía mucho más de la «nueva» Macy.

–No. Me gusta estar aquí. Supongo que, en el fondo, me gusta vivir en una ciudad pequeña del Texas profundo. Imagino que te pareceré poco sofisticada, en comparación con la gente de la gran ciudad.

–Nadie podría decir que no eres sofisticada –respondió él.

Pensaba que si Macy no se había marchado de Royal era porque no lo había necesitado. Siempre había formado parte de la flor y nata de la ciudad y había tenido más oportunidades que él.

–Bueno, la verdad es que leo revistas de moda –comentó ella ruborizándose un poco.

–¿Y compras en grandes almacenes? –le preguntó Chris.

–Últimamente no. Lo cierto es que… no he salido mucho de casa –le contó, levantando una mano para que la dejase hablar al ver que iba a interrumpirla–. No lo digo para que sientas lástima por mí.

Él alargó la mano y tomó la suya. Se la acarició con el dedo pulgar, emocionado. Macy no estaba poniendo ninguna barrera entre ambos. Le estaba dejando ver a la mujer que era realmente y eso hacía que desease protegerla. Quería asegurarse de que aquella mujer tan vulnerable, que estaba volviendo a descubrirse poco a poco, tuviese la oportunidad de crecer. Y sabía que tendría que tener cuidado con Harrison si no quería que este se interpusiese entre su hija y él, como había sucedido en el pasado.

–Seguro que, después de hoy, ya no vas a tener ese problema –le dijo.

–Ojalá… ojalá fuese tan sencillo, Chris, pero tengo que confesarte que a una parte de mí todavía le da miedo ver las cicatrices cuando me miro al espejo. Todavía no me creo que el reflejo que veo pueda ser real.

Él le acarició la mejilla, no podía ir más lejos estando en público. Había algo frágil en Macy y supo que, aunque en el pasado le hubiese roto el corazón, ya no era la misma mujer.

–Deja que te diga yo lo que veo.

Ella asintió y contuvo la respiración. Se mordisqueó el labio inferior con los blancos dientes y esperó.

Chris se preguntó cómo habrían sido las cicatrices antes de la cirugía plástica. Trazó la curva de su mejilla con el dedo.

–Veo una piel que parece mármol, bonita y suave.

Luego le llevó el dedo a los labios. Gruesos, sonrosados.

Estaba deseando besarlos.

–Veo una boca rosada y deliciosa. Tanto, que estoy teniendo que hacer un enorme esfuerzo para no besarte.

Pasó el dedo por su barbilla.

–Este fuerte mentón me dice que, en el fondo, sigues siendo tan testaruda como siempre.

Macy sonrió de medio lado. Él llevó el dedo primero a una ceja, después a la otra.

—Estos bonitos ojos verdes me miran con una mezcla de cautela y curiosidad. No quiero decepcionarte.

Ella le agarró la mano y se la llevó a la mejilla.

—Gracias, Chris.

Y él supo que, ocurriese lo que ocurriese entre ambos, no se marcharía de Royal hasta que Macy no volviese a ser la de antes, una mujer segura de sí misma, capaz de cautivar a cualquier hombre del lugar, en especial, a él.

Capítulo Tres

Cuando terminaron de cenar, Macy fue a empolvarse la nariz. Chris era un hombre apasionado y ella todavía no estaba preparada para algo así. Había cambiado desde que se había marchado de Royal y se había alejado de ella. Y Macy esperaba haber cambiado también, aunque tenía la sensación de que sus cambios no la habían llevado tan lejos como los cambios de Chris lo habían llevado a él.

—¿Macy?

Levantó la vista y vio a Abby en la puerta. Su amiga estaba espectacular, como siempre, y ella supo que tenía que dejar de compararse con todas las mujeres a las que veía.

—Hola. ¿Qué estás haciendo aquí? —le preguntó a su amiga.

—Hacer campaña para convertirme en la próxima presidenta. No puedo perder ni un minuto. ¿Qué tal la cena? —le preguntó Abby.

Se echó hacia atrás la larga melena rojiza. Tenía unos ojos azules que Macy siempre había envidiado. Le gustaban mucho más que los suyos verdes, aunque, después de tantas operaciones, estaba contenta con ellos.

Macy se ruborizó.

–Bien. Papá se ha acercado y le ha leído la cartilla a Chris por no contratar a su empresa, pero Chris se ha mantenido firme. Nunca había visto a nadie tratar a papá así.

Abby se echó a reír y puso un brazo alrededor de los hombros de Macy.

–Pues ya era hora. ¿Estás bien?

–Sí –respondió ella.

Y entonces se dio cuenta de que era verdad. Hacía mucho tiempo que no se sentía tan bien. Quería reír sin motivo y gritar con todas sus fuerzas que la vida era bella.

–Muy bien –añadió.

–Estupendo –le respondió Abby.

Macy salió del baño y volvió hacia la mesa. Chris estaba hablando con un hombre alto, guapo y afroamericano que no le sonaba de nada. No supo si debía esperar a acercarse a la mesa, dado que ambos parecían inmersos en su conversación, pero Chris levantó la vista, la vio y le hizo un gesto para que fuese.

–Zeke, esta es Macy Reynolds, la hija de Harrison. Macy, este es Zeke Travers. Fuimos compañeros de universidad.

Zeke Travers era un hombre fornido, llevaba la cabeza rapada y tenía la piel morena. Su mirada era amable y sonrió al mirarla.

–Me alegro de conocerte –le dijo Macy, tendiéndole la mano.

–Lo mismo digo –respondió él–. Os dejaré

que sigáis cenando. ¿Quedamos para tomar una copa mañana.

—Por supuesto —le dijo Chris.

Zeke se marchó y Macy observó cómo se alejaba. Brad Price se acercó entonces a él, no parecía estar contento. Ambos hombres se pusieron a hablar acaloradamente y todo el salón se les quedó mirando.

—¿Qué les pasa? —preguntó Macy sin poder evitarlo.

Brad acababa de sacarse un trozo de papel del bolsillo y se lo estaba enseñando a Zeke.

—No tengo ni idea —le contestó Chris—. Intentaré enterarme mañana.

—Te pareceré una cotilla, ¿no? —comentó ella.

—Me parece normal, en Royal todo el mundo habla de todo el mundo —le dijo Chris.

Brad parecía furioso, debía de ocurrirle algo serio.

—Espero que esté bien —dijo Macy.

No era amiga de Brad, pero se conocían del club desde que eran niños.

—¿Qué ocurre? —preguntó Abby, acercándose a su mesa.

—Brad —se limitó a responder Chris, señalando hacia los dos hombres que estaban discutiendo.

—Debe de haberse enterado de que cada vez estoy más cerca de convertirme en la próxima presidenta del club —les contó ella.

—¿De verdad? —le preguntó Chris, arqueando una ceja.

–Sí. ¿Y tú quién eres? –le preguntó Abby.

–Ah, perdonad –intervino Macy–. Abigail Langley, este es Christopher Richardson. Abby va a ser la próxima presidenta del club. Abby, le han pedido a Chris que haya un proyecto de reforma del club. Tiene una empresa de promoción inmobiliaria en Dallas.

Abby y Chris se habían movido en círculos distintos en el instituto. Bueno, en realidad, Abby y Macy tampoco habían ido en el mismo grupo. Macy había salido por entonces con el grupo de animadoras y Chris se había unido a sus amigos al convertirse en una estrella del fútbol. Por aquel entonces, Abby y ella no habían tenido mucho en común.

Chris y Abby se dieron la mano y esta se sentó en la silla que Zeke acababa de dejar vacía. A Macy le alegró tenerla allí, quería que su amiga le diese su opinión acerca de Chris. No porque no confiase en su propio instinto… sino porque no confiaba en los hombres en general.

Había estado prometida a un hombre que la había dejado en cuando había dejado de ser una belleza, y no quería volver a sufrir.

Y a pesar de que solo había quedado a cenar, estaba con Chris Richardson. El chico que había desafiado a su padre. Un chico que siempre le había gustado. Y no solo físicamente, aunque también.

–¿Macy? –le dijo Abby, sacándola de sus pensamientos.

–¿Sí?

–Te he preguntado si piensas que Chris y yo podríamos trabajar juntos si salgo elegida presidenta –le dijo Abby.

Tenía que reconocer que Abby era una mujer perseverante y decidida, y todo el mundo en Royal sabía cuál era su intención. Estaba empeñada en ser la primera mujer presidente del Club de Ganaderos de Texas.

–Sí, creo que sí.

Abby sonrió a su amiga y alargó la mano para apretar la suya.

–Os dejo que terminéis de cenar. Me alegro de haberte conocido, Chris.

–Igualmente –respondió este.

Abby se marchó y Macy se echó hacia atrás en su silla.

–Se me había olvidado cómo es esto de venir a cenar al club. Es el centro neurálgico de la ciudad.

–¿De verdad hacía tanto tiempo que no salías? –le preguntó él, inclinándose hacia delante para hablarle.

–Años –admitió ella.

Al principio, había estado tan traumatizada después de lo ocurrido que le había dado miedo salir de casa. Después, había querido hacerlo, pero se había dado cuenta de que todo el mundo la miraba, y no se había sentido lo suficientemente fuerte para soportarlo.

–¿Y qué tal, tu primera cena en varios años?

43

–Muy bien. Es también mi primera cita en años.

Había estado escondiéndose en el rancho de su padre para que la gente pensase que se había marchado de Royal. Había sido muy duro, estar tan mal en un lugar donde la conocía todo el mundo. Había necesitado pasar desapercibida, cosa que era imposible en una ciudad pequeña, por eso había tenido que quedarse en casa.

–Me alegro –comentó Chris–. No de las circunstancias que te han llevado a ella, pero sí de tener el honor de ser el primer hombre con el que vuelves a salir.

Macy no quería darle demasiada importancia a aquello. Chris no estaba allí para buscar una novia con la que después casarse y ella sabía que todavía estaba en un momento vulnerable. No obstante, se había divertido y, sinceramente, tenía la esperanza de que Chris le pidiese que volviesen a verse.

–Y yo me alegro de que haya sido contigo –admitió–. No podía haber celebrado mi última operación de una manera mejor. Muchas gracias, Chris.

–Ha sido un verdadero placer, Macy.

La sensación de sentirse observado en Royal era muy distinta a cómo se sentía en Dallas.

En la gran ciudad, nadie se fijaba en con quién salía, pero esa noche sabía que todo el mundo se había dado cuenta de que había cenado con Macy.

–Casi se me había olvidado cómo son las cosas en Royal.

–Claro. Seguro que no lo echas mucho de menos –comentó Macy mientras él pagaba la cuenta y se quedaban un poco más charlando y tomándose el Baileys que Chris había pedido después de cenar.

–Echo de menos a mi madre –admitió él–. He intentado que se venga a Dallas conmigo, pero no hay manera. No quiere moverse de Royal e intenta convencerme de que vuelva yo aquí.

–¿Y tu padre? –le preguntó Macy.

–Él nació en la costa Este, se enamoró de la industria petrolera al ver la película *Gigante* y se vino aquí. Mi madre solía tomarle el pelo diciéndole que había venido a Royal pensando que iba a encontrarse con Liz Taylor.

–Tu madre también es muy guapa.

–Sí, y fueron muy felices hasta que papá murió.

–Lo sentí mucho por ti –le dijo Macy–. ¿Recibisteis las flores que mandé?

–No lo sé. Mamá se ocupó de todo eso –le respondió Chris.

Aquella era una época que seguía estando borrosa en su mente. Por aquel entonces, todavía no lo había perdonado por todas las cosas que su padre no había sido capaz de hacer por él. Cosas importantes para un chico, no tanto para un hombre.

–¿Por qué no viniste al funeral?

Su padre había fallecido en su primer año de universidad. Y eso había hecho que Chris empezase a ver las cosas de otro modo y que hubiese decidido cambiar su vida. A partir de entonces, se había centrado mucho más en los estudios.

–Pensé que no sería bienvenida –respondió Macy–, aunque conmigo tu padre siempre fue muy simpático. Era un buen hombre. Era muy divertido, cómo se comportaban tus padres durante las cenas, gastándote bromas y tratándote siempre como… la niña de sus ojos.

–Solo lo hacían cuando venía alguien a casa.

Al contrario que su padre, que le había prohibido salir con Chris, los padres de este la habían adorado y la habían tratado muy bien cuando había ido a cenar a su casa, pero Macy sabía que Chris y su padre siempre habían discutido mucho. Según la madre de este, porque ambos eran muy testarudos.

–¿Nos marchamos? –preguntó él, cambiando de tema.

–Sí. Lo he pasado muy bien, Chris –le dijo Macy.

De hecho, no recordaba haber estado tan a gusto con ningún otro hombre en su vida adulta. Benjamin había sido su compañero de trabajo y había empezado a salir con él porque todas sus amigas tenían pareja. Habían empezado a salir juntos por defecto. Tal vez ese fuese el motivo por el que lo suyo no había durado.

–Yo también –admitió él.

Le puso la mano en la espalda y la dirigió hacia la puerta del club, pensando que le gustaba tocarla y preguntándose cómo habría cambiado su cuerpo con el paso de los años.

Ella se detuvo de repente y se echó a reír al ver una marea de flamencos rosas.

–¿De qué te ríes? –le preguntó Chris.

–De los flamencos. No me puedo creer que hayan terminado aquí.

Se suponía que nadie debía saber quién desplazaba los flamencos de un lado a otro, así que Macy debía fingir que no sabía nada.

–Supongo que le ha tocado al club –comentó Chris riendo también–. Mi madre me contó que uno de sus vecinos los había tenido hace unas semanas.

–Es verdad, ya era hora de que le tocase al club. ¿No te parecen preciosos?

Chris se quedó mirándola bajo la luz de la luna. Le tomó la mano y la guió por uno de los caminos que salían de la puerta del club.

–¿Por qué me miras así? –le preguntó ella.

–Porque nunca había visto a una mujer tan bella –le respondió él con toda sinceridad.

–No es verdad, pero gracias de todos modos.

–Es verdad –la contradijo Chris–. ¿Cómo puedo convencerte de lo que veo cuando te miro?

Macy se encogió de hombros y se mordisqueó el labio inferior, lo que hizo que Chris bajase los ojos a su boca. Le encantaban sus labios, a pesar de la cicatriz que tenía en el superior. Estaba deseando probarlos. La deseaba.

Eso era normal, ya que Macy era una mujer preciosa, aunque pareciese habérsele olvidado. Él estaba allí por trabajo, en la ciudad que había sido su casa, pero donde nunca había encajado. Y en esos momentos no quería pensar en trabajo ni en que no había encajado. Macy dominaba todos sus pensamientos.

—No lo sé. Creo que hace tiempo que me da miedo correr riesgos.

—¿Y cenar conmigo es correr un riesgo? —le preguntó él.

Ella sonrió de medio lado.

—Eso creo.

Chris la tomó entre sus brazos y le levantó la barbilla para que lo mirase.

—He deseado hacer esto desde que nos hemos encontrado en el hospital.

—¿Abrazarme? —preguntó ella, humedeciéndose los labios.

—No, besarte —le respondió Chris, inclinando la cabeza y dándole un casto beso en los labios.

Pero Macy los separó y suspiró, y su aliento caliente hizo que Chris desease más.

Lo que sentía por Macy era de todo menos casto y puro. Inclinó la cabeza y fue tocando sus labios con la lengua, probando la esencia de aquella mujer frágil, menuda.

Ella gimió suavemente y le puso los brazos alrededor de los hombros. Chris la abrazó por la cintura. No había sentido nada tan fuerte desde... hacía mucho tiempo. El deseo era algo con lo que era capaz de lidiar, pero con Macy era más fuerte que nunca.

Quería tomarla en brazos y llevársela a la cama. Desnudarla inmediatamente. Hacerla suya allí mismo.

Retrocedió, pero Macy tenía los ojos cerrados y los labios húmedos y suaves. Así que no pudo resistirse y volvió a besarla. Su sabor era adictivo y la sensación de tener sus brazos alrededor del cuello, inolvidable.

–Chris...

–¿Sí?

–Que me ha gustado. No se me ocurre un regalo mejor para celebrar mi última operación que esta noche, contigo –le repitió Macy.

Él la abrazó con fuerza y ella apoyó la cabeza en su hombro. Bajó la mano por su espalda, acariciándola. Aquel momento era casi perfecto. Estaba en los jardines del club, donde no lo habían dejado entrar de adolescente y en los que en esos momentos era bienvenido.

Y tenía entre los brazos a la mujer para la que no había sido lo suficientemente bueno durante muchos años, que no le estaba pidiendo que se escondiesen, sino que lo besaba en un lugar donde cualquiera podría verlos.

Y le acababa de decir que era un regalo. Macy no tenía ni idea de las veces que había soñado con un momento así, ni de lo distinto que era aquello de sus fantasías. Ella lo cambiaba todo. Tal vez siguiese queriendo vengarse de su padre, pero el sentimiento no era tan fuerte como un tiempo atrás.

Cuando Macy había despertado por primera vez en el hospital, tres años atrás, no había querido vivir. No podía describir el dolor que había sentido a alguien que no hubiese pasado por algo semejante, solo sabía que había querido morirse. Y había pasado los primeros días envuelta en una agonía de lágrimas y melancolía. Entonces, el doctor Webb le había sugerido que saliese de su habitación y fuese a la unidad infantil de quemados.

Con una visita había sido suficiente para dejar de sentirse tan mal. Se había quedado sorprendida con cómo los niños, algunos en peor estado que ella, aguantaban al pie del cañón. Desde entonces, iba a verlos al menos una vez por semana.

Macy entró en la zona de quemados del hospital como siempre, sintiéndose como si llegase a casa. Tenía un trabajo de verdad, era analista financiera en Reynolds Construction, pero allí era realmente adonde pertenecía.

Fue primero a la zona de juegos, donde los niños podían jugar sin que nadie los mirase. Sara, que con doce años se había quemado todo el lado izquierdo del cuerpo en el incendio de su casa, fue la primera en ver a Macy. El pelo no volvería a crecerle, a pesar de las operaciones por las que había pasado, pero Macy había llegado al hospital mucho peor que ella.

–Eres preciosa –comentó la niña sonriendo de oreja a oreja–. Decías que antes habías sido guapa, pero ahora eres mucho más que guapa, Macy.

–Gracias. La verdad es que antes de que me quitasen las vendas tenía mucho miedo. Tanto, que casi no podía ni mirarme al espejo.

–El doctor Webb me ha dicho que si tú podías recuperarte, yo también podría hacerlo.

Macy sabía que la niña había esperado nerviosa a ver el resultado de su operación para saber si ella también podría superar aquello.

–Qué bien. Seguro que al final terminas todavía más guapa que yo, porque ya lo eres –le dijo a la niña, acariciándole la cabeza.

Sara sonrió y le dio un abrazo.

–Te he traído unas revistas de moda.

–¡Bien! Tengo una amiga nueva: Jen. Llegó ayer y está muy triste, Macy.

–Lo siento mucho. ¿Cómo piensas que podríamos animarla?

–Tal vez con una sesión de belleza, como hiciste conmigo –le sugirió Sara.

Macy asintió.

Casi un año antes, cuando estaba anímicamente en su peor momento, había tenido un momento de inspiración. O tal vez, de pura testarudez. En vez de sentirse horrible, había decidido pasar la tarde divirtiéndose con las niñas. Había

llamado a una clínica de belleza y había pedido
que les hiciesen la pedicura a todas.

–Tardaré un par de días en organizarlo. ¿Cuán
do le darán en alta?

–Va a estar aquí al menos tres semanas. Y yo
también –le contó Sara.

–Estupendo, lo organizaré.

–Gracias, Macy. Ahora, ¿vemos esas revistas?

Macy le dio el montón de revistas a la niña y se
sentó a su lado en el sofá mientras esta las hojea
ba. Hablaron de ropa y eso le dio la idea de hacer
también un pequeño desfile en la unidad. Cual
quier cosa sería mejor que los horribles pijamas
de hospital que todos los niños llevaban puestos

Entonces se acordó de que la madre de Chris
era costurera y decidió pedirle ayuda para dise
ñar la ropa. Tendrían que ser ligera y amplia
para que cupiesen los vendajes. Y así fue como
Macy empezó a entusiasmarse con la idea.

Ojalá a la madre de Chris también le gustase

Dejó la unidad una hora después y salió al ca
lor de la calle.

–Macy –la llamó Chris justo antes de que llega
se a su coche.

–¿Qué estás haciendo aquí? –le preguntó ella
girándose a mirarlo.

Iba vestido con pantalones de pinzas, camisa
corbata.

–He venido a recoger a mi madre. Le han
dado el alta.

Parecía muy contento de que su madre se es

tuviese recuperando, lo que era normal. Macy sabía que estar en el hospital no era nada divertido. Y tener que ir de visita, tampoco.

–Qué noticia tan buena –le dijo.

Se miró el reloj y se dijo que podría entretenerse otra hora más, así ayudaría a Chris con su madre.

–¿Quieres que te acompañe? –le preguntó, volviendo a cerrar el coche con el mando.

Chris inclinó la cabeza.

–Esta mañana he tenido una fuerte discusión con tu padre.

–¿Ha tenido algo que ver conmigo? –preguntó ella, con la esperanza de que no fuese así.

No quería que su padre se inmiscuyese en su vida privada y, si lo hacía, tendría que hablar seriamente con él.

–No. Ha sido por un tema de trabajo. No quería que me olvidase de que le había dicho que le echaría un vistazo a sus ofertas –le contó Chris.

–Entonces, me da igual. Yo solo le hago las hojas de cálculo y le doy las cifras que necesita… Oh, no, espero que ninguna de esas cifras le haya hecho perder un concurso.

–Por supuesto que no. Y creo que es buena idea que no te impliques más. Tu padre es como un toro en todo lo que se refiere a su empresa de construcción –le dijo Chris–. Yo me mantendría al margen si pudiera. Tenía que haberme dado cuenta de que volver a Royal no iba a ser tan fácil como pensaba.

—Sí. Además, el club es en estos momentos un tema controvertido. Cada cual tiene sus ideas acerca de lo que se debería hacer con él —le dijo Macy—. Pregúntaselo a Abby. Está esforzándose mucho en hacer cambios en el club, pero nunca pensó que sería tan difícil.

—Bueno, yo solo he venido a hacer una oferta. No sé si soportaría a la vieja guardia si fuese ella.

—Tiene su manera de manejarlos —comentó Macy.

Abby era una mujer perseverante y no pararía hasta conseguir que las mujeres pudiesen ser miembros del club.

—¿Con firmeza y tenacidad?

Macy se echó a reír. Sí, así era su amiga.

—No va a retroceder.

—Me recuerda a otra persona que conozco.

—¿A quién?

—A ti —le respondió él, dándole la mano y llevándola hacia el hospital—. Nunca te has rendido.

—¿Te refieres a las operaciones?

—Sí, y al hecho de no haber permitido que todo lo ocurrido te amargase la vida. No sabes lo loable que me parece eso —le dijo Chris.

A Macy le conmovió oír aquello. Había habido ocasiones en las que había deseado encerrarse en su habitación y no volver a salir, pero siempre había tenido un motivo para no hacerlo. Sobre todo, desde que el doctor Webb le había pedido que fuese a la unidad infantil de quemados. Esos niños le daban muchas fuerzas. No obstante, no quería contarle eso a Chris. Todavía no. Aún estaban intentando conocerse otra vez.

Lo siguió hasta la habitación de su madre, que estaba sentada en la cama, vestida con unos vaqueros y una camiseta sin mangas.

–Ya era hora de que vinieras.

–Lo siento, mamá. Me he entretenido en el trabajo y luego, con Macy. Va a hacerte un poco de compañía mientras yo voy a por el informe de alta –le dijo él, dándole un beso en la mejilla antes de volver a salir de la habitación.

–Tienes buen aspecto –le dijo Margaret a Macy en tono un tanto frío.

–Gracias. Me encuentro bien –respondió ella–. ¿Y tú?

–Mucho mejor. El médico está preocupado por mi corazón, pero estoy bien.

–¿Seguro? –preguntó Macy, sabiendo que Chris se quedaría destrozado si le ocurría algo a su madre.

–Sí.

Era evidente que Margaret no la había perdonado por haber dejado a su hijo como lo había hecho. Y Macy estaba empezando a darse cuenta de las consecuencias de sus actos. La vieja Macy habría tirado la toalla, pero la nueva estaba decidida a conseguir que Margaret volviese a confiar en ella.

–Me vendría bien tu ayuda. Creo recordar que te gustaba coser.

–Y sigue gustándome –respondió Margaret,

poniéndose a la defensiva–. No sé qué tiene eso que ver contigo.

–Bueno, tengo unos amigos en la unidad infantil de quemados y necesito que alguien que sepa coser me ayude. ¿Te interesaría?

–Tal vez. Cuéntame más.

–Quiero organizar un día de belleza en la unidad y creo que podríamos copiar algunos vestidos de las revistas. No puedo comprar directamente la ropa porque esos niños tienen la piel muy sensible. Si te interesa, hablaré con el doctor Webb y con algún otro especialista para ver qué tipo de tela podemos utilizar.

–Me encantaría ayudaros –admitió Margaret–. Necesito tener algo que hacer en casa.

–Estupendo.

Chris volvió unos segundos después con un camillero y una silla de ruedas y se marcharon del hospital. Cuando le preguntó a Macy que si podían cenar juntos de nueva esa noche, ella le respondió que sí.

Capítulo Cuatro

–¿Crees que puedes hacerlo? –le preguntó Brad Price.

Chris estaba tomándose una pinta de cerveza con él en el club, discutiendo las ventajas y los inconvenientes, y el precio, de la reforma del Club de Ganaderos de Texas.

A Brad, que siempre había sido de constitución atlética, lo habían tratado bien los años. Además, hasta alguien que no lo conociese enseguida se daría cuenta de que procedía de una familia adinerada, que había pertenecido al club desde hacía mucho tiempo.

–Por supuesto que puedo –le respondió Chris–. Estamos trabajando en el proyecto, tal y como quedamos, y tendré el informe en cuanto lo hayan terminado. Pienso que lo más acertado será que el club tenga unas instalaciones nuevas.

–Yo también. Quiero que nuestra generación deje huella en él. Cuando entro en el comedor me siento como si tuviese dieciséis años, y lo que quiero es que podamos sentir que el club nos pertenece.

–¿Debería preocuparme por las próximas elecciones? –le preguntó Chris.

No quería matarse a trabajar en un proyecto para nada, si Brad no era elegido presidente.

–¿Por qué me lo preguntas? –quiso saber Brad.

–Por si no resultas elegido…

–Eso es una blasfemia –comentó Brad sacudiendo la cabeza–. Estamos en Royal, Texas, no en una gran ciudad como Dallas. Nuestros miembros no van a votar a una mujer. Ella solo es miembro porque todos queríamos mucho a Richard.

Chris se frotó la nuca.

–Qué noticia.

–En serio. Aquí todos dependíamos de él. Para ti es diferente, Chris, porque eres nuevo en el club, pero para los de siempre, que crecimos con un Langley en el club… No supimos qué hacer. La vieja guardia se puso sentimental…

–Así que decidió invitar a Abby a formar parte del club, sin sospechar que iba a ponerlo todo patas arriba y que iba a presentarse a las elecciones.

–Exacto –dijo Brad, dándole un sorbo a su cerveza–. ¡Mujeres!

Chris levantó su vaso para brindar y luego bebió. A él le daban igual los cambios que las mujeres hiciesen en el club. Pensaba que ya iba siendo hora de que las mujeres también tuviesen sus derechos allí. Tal y como Brad había dicho, ya no estaban en la época de sus padres.

–Entonces, ¿tú estás bien? –le preguntó, pensando en la discusión que le había visto tener con Zeke la noche anterior.

A Brad pareció incomodarle la pregunta.

–Sí. ¿Por qué me lo preguntas?

–Porque anoche te vi discutir con Zeke a la hora de la cena. Y tú no sueles perder nunca los nervios…

Chris no dijo más, no quería insistir, pero había sido amigo de Brad en la universidad y, si tenía algún problema, lo ayudaría.

–No fue nada. Una discrepancia sin importancia sobre un asunto que no tiene nada que ver con el club –le contestó Brad–. Yo también me fijé en que estabas cenando con una mujer.

–Macy Reynolds.

–No sabía que estuviese completamente recuperada. Tuvo un accidente muy grave. Su padre se quedó destrozado cuando ocurrió. Pasó muchas noches bebiendo en el club –le contó–. La chica está muy bien.

–Ayer le quitaron las vendas después de la última operación. Lo celebramos cenando juntos. Y, sí, está muy bien.

–Me alegro, la verdad es que no he mantenido el contacto con ella a lo largo de los años, pero ya veo que tú sí –comentó Brad.

Nadie sabía que el padre de Macy la había obligado a dejar de salir con Chris y este siempre había contado que se habían distanciado cuando él se había marchado a estudiar a Austin. ¿Cómo iba a ir contando por ahí que no era suficiente para ella?

–La verdad es que no. Nos encontramos por casualidad en el hospital –le dijo Chris.

Brad asintió.

—Cuando fuiste a ver a tu madre, ¿no? ¿Ya está mejor?

—Los médicos siguen sin saber qué le pasa a su corazón. Me han sugerido que venga a verla más.

—Tal vez deberías hacerlo.

Chris se encogió de hombros.

—Siempre he querido más de lo que Royal podía ofrecerme —comentó.

Y todavía era así. Aunque Macy le interesaba mucho y ella estaba allí.

—¿Y sigues queriendo más? —le preguntó Brad—. Esta ciudad está cambiando.

—Tú mismo acabas de decir que esto no es Dallas —le recordó Chris.

A él le gustaba Dallas, que era más metropolitana que el resto del estado, sin duda, mucho más que Royal. Allí daba igual si procedías de una familia rica o pobre.

—Para ti la vida aquí sería diferente. Aunque no vayamos a tener a una mujer de presidente del club.

—Si tú lo dices.

En el fondo, Chris sabía que había muchas cosas que no habían cambiado. Todavía había personas como Harrison Reynolds que estaban dispuestas a recordarle de dónde procedía y a echarlo del club.

Al fin y al cabo, aquello era Royal. Una ciudad que había sido rica en petróleo y donde los valores texanos eran muy importantes. Dudaba que alguien que no hubiese vivido nunca allí pudiese entenderlo, porque Texas era diferente. Los hombres seguían abriéndoles las puertas a las mujeres, las cuidaban y anteponían a Dios y el fútbol a todo lo demás.

Chris sacudió la cabeza al pensarlo.

–Gracias por venir a hablar conmigo, Chris –le dijo Brad.

–De nada. Tendré el coste aproximado de la reforma esta noche. El presupuesto de las instalaciones nuevas tardará un poco más.

–No pasa nada.

Se terminaron las cervezas y Chris se marchó, dejando a Brad con otro miembro del club que se había acercado a hablar con él. A pesar de que le hubiesen dado todos los privilegios de un miembro honorario, Chris seguía sintiéndose como un extraño.

Vio a Abby en la puerta y se preguntó si ella también se sentiría así. Le sonrió y le dijo adiós antes de marcharse.

Entonces pensó que la situación con Macy era parecida a la del club y Abby. Macy quería creer que el mundo había cambiado a su alrededor y que, dado que él tenía dinero, su padre no volvería a interferir entre ambos, pero Chris sospechaba que no iba a ser así.

Le sonó el teléfono móvil cuando se estaba sentando en el coche y miró la pantalla antes de responder. Era un número de Royal, pero no sabía de quién.

–¿Dígame?

–¿Chris? Soy Macy.

–Hola. ¿Qué puedo hacer por ti?

–Yo… quería saber si te gustaría dar un paseo a caballo mañana por la mañana.

–¿En tu rancho?

–No, en los establos de Tom. ¿Sabes dónde es?

–Sí. ¿A qué hora?

–A las seis de la mañana –le dijo ella.

–Es muy temprano, pero allí estaré.

–Adiós.

Macy colgó antes de que a Chris le diese tiempo de despedirse. Se metió el teléfono en el bolsillo. Hacía años que no montaba a caballo, pero no iba a decírselo a Macy. Aquello era lo que había querido que hiciese cuando habían salido juntos en el instituto. Que tomase la iniciativa en su relación.

Macy se despertó a las cinco de la madrugada, se vistió para ir montar y fue a los establos a por su casco. Montar a caballo era una de las actividades que había podido seguir haciendo a pesar de las cicatrices. Atravesó Royal en coche. El tiempo era cálido, pero a esas horas todavía no hacía calor.

Llegó al aparcamiento y vio a Chris apoyado en su Porsche. Era un coche llamativo, y ese debía ser el motivo por el que lo había llevado. Le sentaba bien el éxito y ella se arrepintió de haber permitido que su padre la convenciese para que dejase de salir con él. Si hubiesen seguido juntos, habría tomado otro camino en la vida, con él.

–Buenos días –lo saludó al salir del coche.

Tuvo un bonito Audi descapotable, pero en esos momentos tenía un enorme Cadillac que le había regalado su padre. Era un coche pesado y uno de los más seguros del mercado.

–Buenos días. Hace años que no monto a caballo –confesó Chris acercándose a ella–. Tú vas vestida como para un pase de modelos.

–De eso nada –respondió ella–. Espera, voy a sacar el casco y la fusta del maletero.

–Tómate tu tiempo. Nos están preparando los caballos. Mi madre nos ha puesto algo de desayuno para que hagamos un picnic.

Chris estaba muy sexy esa mañana. Macy había soñado con él esa noche, con el beso que se habían dado delante de los flamencos. Quería mucho más que besos de su parte, pero no sabía qué pensaba él.

Probablemente, que era solo una vieja amiga con la que podía pasar algo de tiempo antes de marcharse de Royal. Seguro que no la veía como a una mujer con la que tener una relación. Y eso se debía en parte a su pasado y a cómo lo había tratado ella.

–Qué detalle –comentó, sacando sus cosas y volviendo al lado de Chris.

–Creo que tiene la esperanza de que nos enamoremos y le demos nietos.

A Macy se le cayó la fusta de la mano al oír aquello.

—¿Qué? Si ni siquiera salimos juntos…

Chris se echó a reír.

—Lo mismo le he dicho yo. Ella me ha dicho que de esperanza también se vive, y luego me ha guiñado un ojo y se ha echado a reír.

Macy rio también, aunque en el fondo tenía miedo. No quería pensar en el futuro. Había pasado una época muy dura y en esos momentos solo quería disfrutar del momento con él.

Una parte de ella quería encerrarse en casa de su padre, en su habitación. Cerrar la puerta con cerrojo para no correr riesgos. Tal vez para cualquier otra persona, que un hombre tan sexy le hablase de amor y bebés fuese lo ideal, pero para ella, no. Todavía no estaba del todo recuperada y, en ocasiones, tenía la sensación de que nunca iba a estarlo.

—Yo no… —empezó.

—No te preocupes. No voy a intentar convencerte de que te cases conmigo.

Macy lo miró. Llevaba unos vaqueros ajustados y una camiseta lisa de color negro, anodina y, al mismo tiempo, reveladora del hombre que era en realidad. Podía ir en Porsche y tener una empresa que, según su padre, valía mil millones de dólares, pero en el fondo seguía siendo su hombre.

Si hubiesen pasado seis meses desde su recuperación, probablemente habría hecho todo lo que hubiese estado en su mano para conseguir casarse con él, pero en esos momentos... no estaba preparada.

–No es por ti. Es que todavía no puedo creerme que haya recuperado mi vida.

–Y no estás preparada para comprometerte. Lo sé. Solo estamos viéndonos y recuperando un poco nuestra amistad –le dijo él.

Macy intentó leer su lenguaje corporal y ver si él quería algo más que una amistad, pero le fue imposible.

Un caballo relinchó y ambos se giraron y vieron a Tom, el dueño de los establos, acercándose a ellos con un caballo color castaño.

–Señor Richardson, su caballo ya está listo.

–Gracias, Tom.

–Anne saldrá con el tuyo enseguida, Macy –le dijo a ella–. Estás muy bien sin todas esas vendas.

–Gracias, Tom –respondió ella.

–De nada. Mi esposa Anna ha rezado mucho por ti. Se va a alegrar al ver que estás completamente recuperada.

–Muchas gracias, no sabes cuánto significa eso para mí.

Tom asintió y se alejó.

Macy se abrazó por la cintura y se dio cuenta de que, a pesar de haberse sentido muy sola durante los tres últimos años, no lo había estado en realidad.

Chris montó a su caballo como si llevase haciéndolo toda la vida, luego le dio un paseo por allí y volvió a acercarse a Macy justo cuando Anne llegaba con su caballo, Buttercup.

Macy lo acercó al escalón, se puso el casco y lo montó. No necesitaba el casco para dar un paseo, pero los médicos le habían dicho que debía protegerse y ella ya se había acostumbrado a hacerlo. Formaba parte de su rutina.

–Ve tú delante –le dijo Chris.

Macy lo miró por encima del hombro e hizo avanzar al animal. Chris la siguió por un camino que había entre los árboles, detrás de los establos, y cuando hubo el espacio suficiente, se puso a su lado.

–¿Vienes mucho aquí? –le preguntó con sincero interés.

–Tres veces por semana. Durante un tiempo, ha sido lo único que podía hacer. Tom y Anna no me miraban raro. Y me ayudaban a subir al caballo cuando todavía no era capaz de hacerlo sola.

–¿Y no era peligroso? –quiso saber Chris, preocupado.

–¿El qué?

–Montar a caballo, si todavía no podías andar bien.

Ella negó con la cabeza y pensó en lo débil que había estado al principio.

–Tom me seguía a una cierta distancia.

–¿Por qué no iba directamente a tu lado?

–Porque necesitaba estar sola –le contestó Macy, estirando de las riendas para detener a Buttercup.

Chris se detuvo a su lado y Macy recordó los primeros paseos, cuando había pasado todo el tiempo llorando, embargada por la emoción de poder estar al aire libre, haciendo algo normal.

Chris alargó la mano para tomar la suya.

–Siento que tuvieses que pasar por todo eso sola.

–Tenía que hacerlo. O me demostraba a mí misma que era capaz, o desaparecía del mundo y me quedaba encerrada en casa de mi padre durante el resto de mi vida.

–Pero ahora ya estás bien, ¿cuándo te vas a marchar de allí? –le preguntó Chris.

–Tienes razón, estoy bien y volveré a mi casa en un par de semanas. No quiero que pienses que soy débil. Los médicos me dijeron que no me fuese a vivir sola cuando me dieran el alta... y papá tampoco quería perderme de vista. Es normal, estuve a punto de morir.

Chris se inclinó y la abrazó. La besó apasionadamente. Luego volvió a ponerse recto y golpeó al caballo con los talones para que se pusiese a trotar. Ella lo vio alejarse e hizo que Buttercup lo siguiese.

Tenía la sensación de que a Chris no le gustaba oír lo que había estado a punto de pasarle. No se lo había contado a nadie, pero Chris era la primera persona que la había hecho sentir que la habría echado de menos si hubiese muerto en el hospital después del accidente.

Y a pesar de lo que se había dicho a sí misma

un rato antes, se dio cuenta de que, en realidad, sí que quería tener una relación seria con él. Se sentía casi segura soñando con un futuro a su lado, y tal vez con hijos. Y todo eso era gracias a Chris.

A Chris no le gustaba pensar en lo que podía haber ocurrido. Se había marchado de Royal y se había olvidado de su pasado al hacerlo, pero si Macy hubiese fallecido tres años antes... No le gustaba la sensación que aquel pensamiento despertaba en él. Estaba acostumbrado a controlarlo todo y acababan de darle una prueba de que lo cierto era que no controlaba nada.

–Chris –lo llamó Macy.

Él hizo que el caballo fuese más lento y al verla acercarse deseó abrazarla otra vez.

Necesitaba aclararse las ideas y no quería hablar con ella en ese momento. Se sentía expuesto. Y la última vez que se había sentido así, había sido cuando su padre había muerto.

–¿Estás bien? –le preguntó ella.

Él negó con la cabeza.

–Odio pensar que podías haber muerto y no habría tenido la oportunidad de volverte a conocer.

Macy tragó saliva mientras su caballo se acercaba al de él.

Chris la vio bajo el primer sol de la mañana y le pareció una mujer sana, era difícil creer que hubiese estado varios años luchando por volver a su estado normal.

–Yo también. Tengo la sensación de que tenemos temas por zanjar.

–Así es –admitió él, deseando volver a abrazarla, deseando protegerla y cuidarla–. Volvamos a los establos a devolver los caballos. ¿Te apetece desayunar conmigo?

–Después de que tu madre se haya molestado en preparar el desayuno, no lo puedo rechazar.

Dejaron los caballos y luego fueron al aparcamiento a por el coche.

–¿Te sigo? –le preguntó Macy.

–No, vamos los dos en el Porsche. Te llevaré a un bonito lugar que hay muy cerca de aquí.

–Pensé que tenías un Range Rover –comentó Macy.

–Me han traído este de Dallas. Me gusta la velocidad.

–A mí no.

–No te pasará nada –le aseguró Chris–. ¿Confías en mí?

–Sí. Por supuesto. Está bien, iremos en tu coche. Aunque no puedo quedarme mucho rato. Tengo que ir al despacho.

–Como conoces al jefe, no creo que te despida por llegar un poco tarde –bromeó Chris.

En esos momentos, para Macy el hombre más importante de su vida era su padre, y él quería ocupar ese lugar. Quería que dependiese de él para todo. Se maldijo, lo que quería era algo más que salir de vez en cuando con ella y ponerse al día. Quería que fuese suya.

Por eso había hecho que le llevasen el Porsche, porque quería que Macy lo viese al mismo nivel que a su padre, quería impresionarla.

–Tienes razón, pero no quiero aprovecharme… La verdad es que papá me da mucha flexibilidad en el trabajo porque todavía no estoy al cien por cien… Espera un momento. Sí que lo estoy. Se me olvida que ya ha pasado la última operación. ¿Sabes lo que eso significa? –le preguntó, sonriendo despacio.

–No, ¿el qué? –le preguntó Chris.

–Que no tendré que volver al médico para que me diga cuáles son mis opciones. Es todo un alivio.

–Me alegro.

–Yo también. Creo que no lo había pensado hasta ahora.

Chris se acercó más y la abrazó. La apretó con fuerza y dio gracias a Dios de que estuviese viva y recuperada. No había estado a su lado en los peores momentos, pero iba a hacer que aquella etapa de su vida fuese lo mejor posible.

Macy lo abrazó también con fuerza y él se aferró a ella como si su vida dependiese de ello. Intentó decirle con aquel abrazo todo lo que no sabía cómo decirle con palabras.

–Bueno, ¿dónde vamos a desayunar? –le preguntó por fin Macy.

Él la soltó a regañadientes para abrirle la puerta

del coche. Se dio cuenta de que Macy cojeaba ligeramente al acercarse.

–¿Te duele la pierna? –le preguntó.

–Es un músculo que no tengo bien y, al montar a caballo, lo hago trabajar –le contestó ella–. ¿Adónde dices que vamos a desayunar?

–Es una sorpresa –respondió Chris.

–¿En Royal? ¿De verdad piensas que es posible?

–No quiero decir que sea un sitio en el que no has estado nunca –le dijo él–. Solo que no sabes adónde vamos.

–De acuerdo.

Chris cerró la puerta y le dio la vuelta al coche para sentarse detrás del volante. Macy se había quitado el casco y lo tenía en el regazo. Sacudió la cabeza y se peinó un poco.

–¿Qué tal estoy? –le preguntó.

–Preciosa.

Luego arrancó y se alejaron de los establos.

–Vamos a un lugar que estoy pensando en comprar.

–¿De verdad? ¿Por qué?

–Porque mi madre necesita que venga algo más de dos veces al año. Los médicos me han sugerido que sus ataques pueden ser una manera de llamar mi atención.

–Lo siento. ¿Eres un mal hijo? –le preguntó Macy–. Solo os tenéis el uno al otro.

–Intento no ser un mal hijo –respondió él–, pero tengo mucho trabajo y, cuando no estoy de viaje, suelo tener muchas reuniones en Dallas.

Aunque podría hacer gran parte del trabajo aquí si encuentro un motivo para quedarme.

–¿Y tu madre no te parece suficiente motivo? –le preguntó Macy, inclinando la cabeza de manera coqueta.

–Lo es para venir más a menudo, pero no para quedarme. Para quedarme de verdad, voy a necesitar algo más.

Volvería si empezaba a salir en serio con Macy. Quería verla más. Cada vez que la miraba, la deseaba tanto que no podía pensar en otra cosa.

–¿Como una mujer con la que pasar el tiempo? –le preguntó ella.

–Dependería de la mujer –respondió él, tomando una carretera polvorienta que salía de la autovía.

Luego detuvo el coche y se echó a reír.

–¿Qué es lo que te parece tan gracioso? –quiso saber Macy.

–Que quería impresionarte con mi coche, pero la verdad es que el Range Rover es mejor para estas carreteras.

–¿Por qué querías impresionarme? –inquirió ella–. No te estoy juzgando.

Él se encogió de hombros. Siempre había sido una persona muy competitiva, aunque solo hubiese estado compitiendo consigo mismo, habría intentado ganar. Y, por supuesto, quería que Macy solo viese cosas buenas cuando pensase en él.

–A veces, cuando estoy contigo, me siento como cuando estábamos en el instituto –admitió.

–¿Y cómo te sentías?

–Sentía que no tenía el dinero suficiente para ti, que no era lo suficientemente bueno. Y supongo que una parte de mí quiere que sepas que ahora sí que lo tengo.

Ella alargó la mano y la apoyó en su muslo.

–Chris, siempre fuiste lo suficientemente bueno para mí. Tal y como eras. No necesito coches de lujo ni enormes casas.

–¿Qué más da?

No podía pensar con la mano de Macy en su pierna. Se inclinó y la besó. La abrazó para acercarla más a él. Ella separó los labios y le apretó el muslo con fuerza. Él se desabrochó el cinturón de seguridad y abrió la puerta.

–¿Adónde vas? –le preguntó Macy.

–A respirar algo de aire fresco. Te metes en mi cabeza, Macy. Me haces desear cosas a las que nunca había dado importancia. Siempre he estado centrado en ganar dinero y en demostrar a los habitantes de Royal que no era solo el hijo de un trabajador de la petrolera.

–Ya lo has demostrado millones de veces –le dijo ella.

–Pero eso no significa nada y sigo sin sentir que soy lo suficientemente bueno para ti.

Salió del coche y cerró la puerta. Miró hacia el terreno que quería comprar. De niño, jamás había pensado en tener una casa en Royal y en esos momentos, gracias a Macy, estaba considerando hacerlo.

Capítulo Cinco

Macy siguió a Chris por el camino de tierra, colina arriba, hasta llegar a una arboleda. Él llevaba una manta en una mano y una cesta de picnic en la otra. Le quitó la manta y la extendió en el suelo.

–Me gusta este sitio –comentó–. Me recuerda mucho al rancho de papá.

–Umm.

Macy se dio cuenta de que Chris todavía no podía hablar. ¿Qué habría hecho para hacerle pensar que tenía que demostrarle que era lo suficientemente bueno para ella?

Le dio miedo hablarle. No sabía qué pensar de sus comentarios. Y no quería decir nada inoportuno. Se sentía halagada… porque Chris estaba intentando impresionarla, demostrarle que tenía tanto dinero como su familia.

Y lo comprendía. Ella también había hecho algo parecido. Había querido montar a caballo para demostrarse a sí misma que no estaba tan mal como había estado.

–¿Crees que alguna vez dejaremos de demostrar lo que valemos –le preguntó–. Yo discuto todos los días con mi padre porque me sigue tratando como si tuviese doce años. Sé que tuve un accidente muy grave, pero ya estoy recuperada. Va siendo hora de que me trate como a una adulta.

Chris sacudió la cabeza.

–No sé. Siempre parece haber otra meta en el horizonte. Algo más que conseguir. Por lejos que llegue, no consigo llenar el vacío que tengo dentro.

Macy alargó la mano y tomó la suya. Lo había visto tan seguro de sí mismo, tan exitoso, que no había pensado que tendría las mismas preocupaciones que ella, pero le gustaba que tuviesen aquello en común.

–A mí me ocurre lo mismo. Al principio, era solo vivir, después, recuperarme, recuperar mi aspecto… ahora… la confianza en mí misma. ¿Cuándo va a ser suficiente?

–No lo sé –admitió Chris.

Le hizo un gesto para que se sentase y dejó la cesta a su lado. Luego se sentó él y apoyó la espalda en un árbol, la ayudó para que se colocase entre sus piernas, apoyando la espalda en su pecho.

–He pensado en hacer construir la casa ahí.

–Entonces, ¿de verdad vas a comprar este terreno? –le preguntó Macy, girándose a mirarlo.

No quería acostumbrarse demasiado a él. Chris no iba a quedarse en Royal aunque comprase aquellas tierras. Su vida siempre iba a estar en Dallas.

–Sí. También voy a hacer construir una casa pequeña allí, para mi madre –añadió, señalando hacia la izquierda–. Sé que le gusta tener independencia, pero también querrá tenerme cerca cuando venga.

A Macy le gustó que se preocupase tanto por su madre, que no fuese un hombre despegado. Era muy importante para ella.

–¿Por qué no compras una casa en Pine Valley? –le preguntó mientras abría la cesta y sacaba lo que había en su interior.

–Porque quiero construir la casa de mis sueños –respondió él, quitándole un termo de la mano y sirviendo café para los dos.

La comida de Maggie olía deliciosamente bien.

–¿Y cómo es la casa de tus sueños? –le preguntó ella.

–Tiene muchas cosas. Si quieres, puedo enseñarte los planos que he dibujado mientras cenamos esta noche.

Lo dijo en tono arrogante, pero Macy tuvo que reconocer que le apetecía cenar con él. Le gustaba aquel hombre al que estaba volviendo a conocer.

–¿Vamos a cenar juntos? –le preguntó.

–Eso espero, pero no en el club. Podríamos ir a algún lugar pequeño, donde no esté todo el mundo pendiente de nosotros.

Ella sonrió.

–Buena idea. Mi padre va a marcharse a Midland a jugar al póker. ¿Qué te parece si preparo yo la cena?

Chris se cruzó de brazos.

—Me parece que es un poco como cuando éramos adolescentes y teníamos que escondernos.

—Lo sé, pero no es esa mi intención –le dijo Macy–. Mi casa todavía no está arreglada para que vayamos allí.

—¿Por qué no vamos de todos modos? –le sugirió él–. Podemos cenar y empezar a arreglarla.

A Macy le gustó la idea.

—Haré la mudanza el sábado que viene.

—¿Y has contratado a alguien para que te la limpie? –le preguntó–. ¿La has alquilado mientras vivías con tu padre?

—Me negué –dijo ella, sacudiendo la cabeza–. Al principio, porque no quería enfrentarme a la realidad de que no iba a poder volver a casa. Luego, porque no quería admitir que mi padre había tenido razón al decirme que iba a tardar un tiempo en recuperarme.

Chris asintió.

—Me lo imagino. Eres muy testaruda.

Macy arqueó las cejas, aunque le gustaba que Chris la conociese.

—Sí. Forma parte de mi encanto.

—¿Solo parte? –bromeó él.

A Macy le encantaba su sonrisa.

—Es lo mejor de él –admitió a regañadientes, sacando la comida.

Luego se pusieron a comer y hablaron de los

libros que estaban leyendo y en cuánto les gustaban los libros electrónicos.

–Es mucho más cómodo. ¿Sabes que puedo leer un libro por donde lo he dejado directamente en mi teléfono móvil si quiero? La verdad es que el libro electrónico me salvó la vida en el hospital. Si me despertaba a las dos de la madrugada y necesitaba distraerme con algo, siempre podía descargarme un libro.

–¿Y te ocurría a menudo? –le preguntó Chris mientras recogía los restos de la comida.

–Sí. Algunas de las operaciones fueron dolorosas. Y me di cuenta de lo mucho que me gustaban esos clásicos que la señorita Kieffer nos dijo que teníamos que leer.

–No puede ser. Si algunos eran muy buenos. No me puedo creer que no los leyeses entonces.

Macy se ruborizó.

–No. Tenía una amiga que los leía y me hacía un resumen del argumento.

Chris sacudió la cabeza y Macy se sintió como si la hubiesen sorprendido haciendo algo malo. Por aquel entonces, había sido una princesa y todo el mundo había querido ayudarla, así que se había aprovechado de ello.

–¿Qué pasa? –añadió–. A todo el mundo no le gusta leer. Y yo estaba muy ocupada haciendo de animadora y buscando excusas para verte a escondidas.

–Y yo me alegro de que lo hicieras. Dime, ¿qué libro de entonces te ha gustado más?

–*Orgullo y prejuicio*, que me ha hecho descubrir toda la obra de Jane Austen. Hasta he visto todas las películas.

Él sacudió la cabeza.

–No está mal, aunque yo prefería *Los tres mosqueteros* o *El conde de Montecristo*.

–Esos no los he intentado leer, pero ya imagino por qué te gustaron. ¿Has leído *Orgullo y prejuicio*?

–No, pero mi secretaria tiene la versión en la que salen zombis encima de su mesa –le contó Chris.

–No es lo mismo, aunque yo también la he leído. Te lo voy a prestar.

–Si insistes, pero entonces tú tendrás que leerte *El conde de Montecristo*.

–Trato hecho. Intercambiaremos opiniones la semana que viene.

Macy leía con rapidez, dado que, durante mucho tiempo, lo único que había tenido que hacer había sido estar tumbada en la cama. Aunque tal vez en esos momentos no le diese tiempo a terminar un libro, dado que tenía que trabajar también.

–¿La semana que viene? No me va a dar tiempo –protestó Chris–. Casi no tengo tiempo ni de ver un partido en la televisión, así que de leer un libro entero, mucho menos.

–Yo antes lo hacía, pero es cierto que ahora tampoco tengo tiempo. Bueno, ya me dirás cuándo lo has terminado.

Macy se dio cuenta de que se sentía normal. Montar a caballo formaba parte de su rutina y Chris, lo quisiera admitir o no, también era parte de su nueva rutina. Era como un puente entre el pasado y el presente.

–Gracias por el desayuno –añadió–. Por favor, dáselas también a tu madre.

–Lo haré. Ah, si vamos a cenar esta noche en tu casa, vas a tener que darme la dirección –comentó.

Ella asintió y se la dio. Luego volvieron a los establos a que recuperase su coche y se despidió de él a regañadientes. Chris no intentó besarla y ella esperó que no hubiese decidido que solo quería que fuesen amigos. Porque ella quería mucho más, aunque no hubiese sido consciente hasta ese momento.

Chris estuvo mucho tiempo trabajando y hablando por teléfono con un proveedor de Dallas. Después se frotó la nuca, se levantó de su sillón y se estiró.

Había intentado no pensar mucho en Macy durante el día, pero no lo había conseguido.

Después del beso que se habían dado en su coche esa misma mañana, había intentado relajarse, pero no había logrado que se le deshiciese el nudo que todavía tenía en el estómago.

Ya había tenido aquella sensación muchos años antes.

Se estaba enamorando de ella, de su sonrisa y de sus bromas.

–Chris, Harrison Reynolds está otra vez aquí. Quiere verte –le dijo Tanja, su secretaria, desde la puerta del despacho.

Tanja era guapa, delgada y eficaz, y se había mudado a Royal cuando su marido, que era médico, había ido a trabajar al hospital de la ciudad. Tanja ya había trabajado para Chris en Dallas y, a pesar de no necesitarla, este había decidido abrir una oficina en Royal para no tener que despedirla.

Desde allí hacían todo el trabajo relacionado con la parte occidental de Texas, y así siempre tenía un lugar en el que trabajar cuando iba a ver a su madre.

–Por supuesto. Dile que me espere en la sala de conferencias y ofrécele algo de beber –le pidió a Tanja–. Iré en un minuto.

–Sí, señor –respondió esta–. Esta mañana le he mandado el presupuesto de las nuevas instalaciones a Brad Price.

–Gracias. También necesito que me organices una reunión con la junta del Club de Ganaderos. ¿Puedes llamar a la secretaria de Brad para ver cuándo les vendría bien?

–Por supuesto.

Chris esperó a que Tanja se hubiese marchado para levantarse y pasear un poco por su despacho. ¿Por qué habría ido a verlo Harrison otra vez? Estaba haciendo todo lo posible por aclarar el tema de sus ofertas anteriores, pero no tenía ganas de hablar con el padre de Macy. Se estiró la corbata y se obligó a sonreír. Pasase lo que pasase entre Harrison y él, cenaría con Macy esa noche.

Ya no eran unos adolescentes y Harrison no podía controlarlos. Tal vez hubiese llegado el momento de decírselo, pero no era su estilo. No quería hablar a Harrison de su hija. No era asunto suyo.

Abrió la puerta de la sala de conferencias y entró en silencio. Harrison estaba hablando por teléfono, pero se incorporó al oír la puerta.

–Luego te llamo –dijo–. Hola, Chris. Gracias por recibirme.

Él arqueó una ceja.

–Pensé que no tenía elección –comentó–, pero no tengo mucho tiempo para una reunión, Harrison.

–Lo siento, pero no podía esperar a verte otro día. He oído en el club que eres el favorito para hacer la reforma y quería asegurarme de que contarás con Reynolds Construction para hacer el trabajo –le dijo, volviendo a sentarse y apoyando los pies encima de la mesa.

–Dado que eres miembro del club, estoy seguro de que la junta te escogerá para ello –le contestó Chris.

–Bien. ¿Cuándo vas a presentar tu oferta?

–Ya se la he mandado a Brad para que le eche un vistazo. Hay muchas posibilidades y quería asegurarme de que no se me había pasado ningún detalle.

–Bien.

–Pero no has venido a esto –le dijo Chris.

–He venido porque... bueno, te has convertido en uno de los mejores promotores inmobiliarios del estado y no quiero que lo que ocurrió en el pasado enturbie nuestras relaciones en el futuro.

–De acuerdo.

–Por eso quiero ayudarte con el club. Me equivoqué contigo, chico. ¿Qué te parece si trabajamos juntos?

Chris sacudió la cabeza.

–No sé. Ahora estamos haciendo una investigación interna, para examinar tus ofertas anteriores, pero va a llevar tiempo.

–Bueno, mantenme informado –le pidió Harrison.

Chris supo que no tenía elección. Harrison era capaz de pasarse por allí cada dos días hasta que le diese una respuesta. Era un hombre con un ego enorme. Había decidido que tenía que olvidarse de que lo había obligado a romper con Macy en el instituto y daba por hecho que iba a hacerlo.

–Lo haré. ¿Algo más? –le preguntó.

–Solo una cosa –contestó Harrison, levantándose y apoyando ambas manos en la mesa de conferencias–, pero no tiene nada que ver con los negocios.

–Dime.

Chris había sabido desde el principio que Harrison le haría una advertencia acerca de su hija.

–He oído que Macy y tú habéis estado montando a caballo juntos esta mañana –le dijo este–. No quiero que juegues con ella. Una cosa es que juegues conmigo en temas relacionados con los negocios, pero Macy es una mujer y no merece que la traten mal. No te vengues de mí con ella.

Chris se levantó también. Se sintió tentado a no contestar. A dejar que Harrison siguiese temiendo por su hija, pero no pudo hacerlo. No quería mentir ni a Macy ni a su padre acerca de sus motivos.

–No busco venganza. Macy es muy especial para mí y no voy a utilizarla, sugerir lo contrario es un insulto.

Harrison negó con la cabeza.

–No lo es. Ambos sabemos que te fastidió mucho tener que marcharte de Royal sin ella. Solo quiero asegurarme de que no has vuelto para vengarte.

–Si así fuese, querría vengarme de ti, no de Macy –le aseguró Chris sin bajar la vista–. Ya no soy el pobre chico al que echaste de la ciudad, Harrison. Que no se te olvide. No intentes amenazarme.

El padre de Macy levantó ambas manos.

–No pretendía hacer algo así.

Chris se dio cuenta por su mirada de que era sincero.

–No era nada personal –añadió–. Solo quiero lo mejor para ella.

Chris lo entendió. No tenía hijos, pero sabía que, cuando los tuviese, probablemente haría lo mismo. En eso consistía ser padre.

–Lo comprendo. Yo también quiero lo mejor para ella. Y creo que se le ha olvidado dejarse llevar y disfrutar de la vida.

–Han sido unos años muy duros –admitió Harrison–. Y es una chica muy testaruda.

–No sé a quién se parecerá –dijo Chris.

Eso hizo reír a Harrison.

–Es un misterio. Gracias por haberte reunido conmigo. Esperaré tus noticias.

Luego le dio la mano y salió por la puerta. Chris se quedó mirándolo. Jamás habría pensado que tenía algo en común con Harrison Reynolds.

Era gracioso, cómo la vida y la madurez hacían que un hombre viese las cosas de un modo distinto. Hasta entonces, no se había dado cuenta de que lo que Harrison había hecho, lo había hecho por amor.

Volvió a su despacho y dejó de pensar en Harrison. Prefería pensar en Macy. Aquella noche iba a ser una noche especial. La cena en el club había sido demasiado pública, y esa mañana, el paseo a caballo había sido demasiado… Bueno, que no habían podido estar todo lo cerca que a él le hubiese gustado, pero en su casa no tendrían que poner barreras entre ambos.

Se excitó solo de pensarlo. Aquello no tenía

nada que ver con las ganas de venganza. Solo quería que Macy supiese que estaba interesado en ella, que lo único que lo motivaba era su bonita sonrisa y su cuerpo tan femenino.

Lo mismo que la primera vez. No obstante, en esa ocasión Chris sabía que era su fuerza y su inteligencia lo que hacía que desease conocerla más.

Macy no había pensado que se emocionaría al volver a su casa, pero así fue. El césped estaba recién cortado y el jardín muy arreglado, y eso que solo pagaba al jardinero para que fuese dos veces al mes. Desde el exterior parecía no haber cambiado nada desde la mañana en la que había salido de allí por última vez.

Las luces estaban encendidas y, cuando dio al botón que abría la puerta del garaje fue como si no hubiese pasado el tiempo. Hasta sus chanclas seguían al lado de la puerta, donde las había dejado después de haber estado en la playa el fin de semana anterior.

Los tres últimos años desaparecieron y pensó que se iba a encontrar con su prometido al entrar en casa. Al abrir la puerta se le nubló ligeramente la vista. Olía un poco a rancio, y no a los ambientadores que ella siempre tenía enchufados.

Su casa no había cambiado en nada, pero ella sí, en muchos aspectos. Encendió el aire acondicionado y se quitó los zapatos del trabajo para ponerse las chanclas que había dejado al lado de la puerta del garaje. Luego volvió al coche a por los productos de limpieza y la cena de esa noche.

Solo necesitaba limpiar por encima, ya que su padre había estado mandando a un servicio de limpieza mientras había estado viviendo con él.

Recorrió la casa, que al principio le pareció que estaba demasiado en silencio, pero luego encendió la radio y su emisora musical favorita lo inundó todo de música y ella empezó a relajarse. Puso un ambientador en cada habitación y encendió los ventiladores del techo. Dejó su habitación para el final y al llegar a ella se detuvo en la puerta.

La cama estaba tapada con una sábana, como el resto de muebles de la casa. Encima del tocador no había nada, ya que estaba todo en casa de su padre. Encendió la luz y entró, y su mirada se posó en la fotografía que tenía en la mesita de noche, en la que aparecía con sus padres.

Con los años, cada vez se parecía más a la mujer de la fotografía. Casi no se acordaba de su madre. Aquella guapa mujer que la tenía en su regazo era más una sensación, la sensación de un abrazo, que una persona de verdad.

Sonó el timbre y Macy se miró el reloj. Sin darse cuenta, había pasado más de una hora vagando por la casa.

Apretó el botón del intercomunicador mientras pensaba que tal vez no fuese buena idea. No estaba segura de querer compañía.

–¿Quién es?

–Chris.

–Ahora mismo bajo –le contestó.

–Tómate tu tiempo.

Macy bajó las escaleras corriendo y abrió la puerta principal. Allí estaba Chris, vestido de traje, pero sin corbata ni chaqueta. Tenía la camisa remangada, pero metida por los pantalones en la cintura.

–Hola –la saludó.

–Hola, entra –respondió ella.

Chris cruzó el umbral de la puerta y le dio una botella de vino. Macy lo condujo hasta la cocina. Tenerlo allí la ponía nerviosa. Los encuentros que habían tenido hasta entonces no tenían ninguna importancia, había sido como salir con un amigo. Pero estar allí, completamente a solas con él, era diferente.

–Todavía no he empezado a cocinar.

–No importa. ¿Qué te parece si empiezo a quitar las sábanas de los muebles mientras tú preparas la cena?

–¿No te importa hacerlo?

–Para eso he venido. Y es un trabajo tan sencillo que no te necesito –le contestó él–. Tengo otra ropa en el coche, voy a por ella. ¿Dónde me puedo cambiar?

–En el baño que hay en el pasillo –le dijo Macy, señalando hacia la puerta que había junto a las escaleras.

–Ahora vuelvo.

Macy asintió y lo vio marchar. Chris se giró y ella seguía mirándolo.

–¿Te gusta lo que ves?

Ella se negó a sentir vergüenza.

–Sí, me gusta.

Chris tenía un buen trasero, pero cuando se giró de nuevo hacia ella, Macy se volvió enseguida hacia la nevera, sonriéndose a sí misma. Se sentía bien y hacía mucho tiempo que no tenía esa sensación.

Puso a hervir agua con sal y después salteó unos champiñones, hierbas aromáticas y un par de cebollas. Y volvió a olvidarse del tiempo mientras cocinaba.

Oyó cómo Chris iba de habitación en habitación y se sintió reconfortada, cómoda. Hasta entonces, no se había dado cuenta de lo sola que había estado en la casa de su padre. Este tenía su vida y, aunque siempre había intentado dedicarle algo de tiempo, no habían podido cocinar ni cenar juntos por las noches.

Preparó una besamel y ralló queso y en cuanto la pasta estuvo cocida, mezcló todos los ingredientes y los puso a gratinar. Luego preparó su versión de la tarta de *mousse* de chocolate, cuya receta había encontrado en el libro de cocina de su madre. Mezcló nata montada con chocolate fundido y luego lo puso sobre una base de galleta molida antes de meterlo en la nevera a enfriar.

Después programó el reloj y subió al piso de arriba a buscar a Chris, que estaba en la salita de estar, delante del lugar en el que había estado la enorme televisión.

—¿Qué ha pasado aquí?

—Mi prometido. La tele la había comprado él. Supongo que se la llevó cuando rompimos.

—Qué cerdo —dijo Chris.

—Yo casi no utilizo esta habitación —contestó ella, queriendo excusar a Benjamin, como había hecho siempre cuando estaban juntos—. A él le gustaba la televisión y yo casi no la veo.

—Pero no era motivo para que se la llevase. No dice mucho de él, que te dejase cuando estabas tan mal.

—Supongo… que no —admitió ella.

Chris se aclaró la garganta.

—Tienes una casa muy bonita —comentó.

—Gracias. A mí me gusta. Sé que es demasiado grande para una persona sola, pero siempre pensé que algún día tendría una familia. Y fue una buena inversión. La empresa de mi padre construyó esta fase, así que conseguí un buen precio.

—Hiciste bien —dijo Chris, quitando la última sábana del sofá de piel y doblándola rápidamente.

La dejó encima del montón de sábanas que había hecho y se acercó de nuevo a Macy.

—Llevo todo el día esperando a hacer esto —le dijo, abrazándola e inclinando la cabeza.

—Yo también —susurró ella.

—Me alegro —le contestó antes de besarla.

Macy sintió su aliento caliente y se estremeció

entre sus brazos. El sabor de Chris hizo que se sintiese en casa. Y a pesar de que la habitación olía a humedad y a ambientador, ella aspiró solo el aroma especiado de su aftershave. Él le acarició la espalda, y cuando levantó la cabeza y dejó de besarla, Macy lo abrazó por la cintura y apoyó la cara en su pecho, justo encima del corazón.

Chris era un buen hombre, el tipo de hombre que siempre había querido tener a su lado y, teniéndolo en aquella casa tan grande entre las sombras de sus viejos sueños de futuro, deseó que sus vidas hubiesen ido por otro camino y que aquella hubiese sido su casa.

Capítulo Seis

Chris observó a Macy moviéndose por la cocina mientras preparaba la cena. Él ya se había lavado las manos y en esos momentos estaba sentado delante de la encimera, donde ella había colocado dos manteles individuales. Abrió el vino.

–¿Qué tal tu día? –le preguntó Macy.

–He tenido una visita de tu padre –le contestó él.

No sabía cuánto debía contarle de Harrison a Macy, pero pensó que esta debía saber que seguía intentando dirigir su vida.

Ella arqueó las cejas.

–¿De verdad? ¿Te ha vuelto a preguntar por esos concursos que no ganó?

–Sí. Y por el del Club de Ganaderos de Texas en el que estoy trabajando –le contó él–. Es un hombre muy decidido. Me parece que esperaba que le abriese todos mis archivos y se lo enseñase todo.

–Seguro que sí –dijo Macy, colocando un plato de pasta delante de él–. Siento no haber podido preparar otra cosa.

Olía deliciosamente y, mientras cenaban y charlaban del negocio de la construcción en Royal, Chris se sorprendió por la naturalidad de la velada. Estaba siendo una noche perfecta. Macy era inteligente, divertida y veía de manera amable a todos sus conciudadanos. Cosa que no había sido así unos años antes.

—Has cambiado —comentó él, dándose cuenta de que era distinta a como había esperado.

Una parte de la transformación tenía que deberse al accidente, pero la otra parte procedía de sus experiencias vitales.

—No me digas —respondió, guiñándole un ojo.

—Quiero decir que da la sensación de que sabes qué es lo que mueve a las personas. Antes solo entendías lo que te motivaba a ti.

Macy se encogió de hombros y le dio un sorbo a su copa.

—He pasado mucho tiempo en casa sola. Además de leer libros, he navegado mucho por Internet y he leído acerca de nuestra ciudad. Y... ¿me prometes que no se lo vas a contar a nadie?

—¿Qué es lo que me vas a contar? —le preguntó Chris.

Ella se inclinó hacia delante

—Mi secreto... el motivo por el que ahora soy tan intuitiva.

—Te lo prometo —le dijo él.

—Viendo *realities* en la televisión.

Aquello sorprendió mucho a Chris.

—¿Y qué aprendes exactamente de ellos? —le preguntó.

Ella sonrió.

–Me encanta ver la vida de los demás, en especial, si es todavía más complicada que la mía, pero, sobre todo, me ha enseñado mucho acerca de por qué los mentirosos mienten y por qué hay conflictos en las dinámicas familiares.

–¿Y por qué es? –le preguntó Chris.

–Porque todo el mundo busca a alguien que le quiera y le escuche. El problema es que siempre busca al mismo tipo de persona. Es un círculo vicioso.

Macy le estaba hablando con sinceridad y él estaba de acuerdo con su opinión. Siempre se había sentido atraído por el mismo tipo de mujer, con el pelo grueso y del color de la miel, casi siempre fuera de su alcance, pero, en su caso, había utilizado como catalizador el trabajo. Había trabajado muy duro hasta mejorar no solo sus circunstancias personales sino también su vida. Y en esos momentos la mujer a la que deseaba ya no estaba fuera de su alcance.

–Ya veo. ¿Y por qué tipo de hombre te sientes atraída tú? –le preguntó–. ¿Has aprendido algo de la ruptura con tu prometido?

–Eso creo, en cualquier caso, he pasado mucho tiempo diseccionándola. Me he dado cuenta de que Benjamin necesitaba algo que yo jamás podría darle –respondió ella, con cierta tristeza en la voz.

–¿El qué?

–Necesitaba a una mujer que se contentase

94

con ser un adorno, que le diese hijos y que hiciese la vista gorda con sus amantes. Viajaba mucho por trabajo y yo lo echaba de menos, pero a él no parecía importarle que estuviésemos separados. Cuando rompimos, me di cuenta de que, en realidad, no era especial para él…

–¿Y cómo te diste cuenta? –le preguntó Chris.

–Me lo dijo. Solo me había pedido que me casase con él por… –hizo una pausa y se miró las manos–. Me resulta difícil decir esto.

Chris alargó la mano y tomó la suya, pequeña, con la manicura hecha. Odió al cerdo de su exprometido. Al principio lo había odiado solo por haber estado prometido a ella, pero en esos momentos lo odiaba de verdad porque no se había dado cuenta de que Macy era un tesoro.

–No voy a juzgarte.

Ella tragó saliva y respiró hondo.

–Porque le dije que no me acostaría con él si no nos casábamos. Tal vez te parezca una tontería, teniendo en cuenta la época en la que estamos, pero me educaron así y no quería entregarme a un hombre que no estuviese comprometido conmigo.

–¿Y qué ocurrió?

–Que Benjamin me pidió que me casase con él y yo le dije que sí. Una vez prometidos, empezamos a acostarnos juntos y luego… tuve el accidente.

Chris le acarició los nudillos con el dedo pulgar e intentó mantener la calma. No le gustaba imaginarse a otro hombre acostándose con Macy, pero saber que, además, el muy cerdo la había dejado cuando ella más lo había necesitado, lo ponía furioso.

–Lo entiendo –comentó, aunque se estuviese retorciendo por dentro, deseando ser el hombre al que Macy había entregado su virginidad y su corazón.

–¿Lo entiendes? –preguntó ella–. Pues yo no estoy segura de hacerlo. Lo único que sé es que estoy enfadada conmigo misma por haber confiado en Benjamin y no haberme dado cuenta de sus mentiras. Abby dice que, al principio, cuando uno se enamora, no ve los defectos del otro, sino solo al hombre que una quiere que sea.

–A veces sí se puede ver al hombre de verdad. Yo no estoy fingiendo ser una persona que no soy.

–No quería decir que el hombre finja ser diferente, sino que una lo ve como quiere verlo. ¿Me entiendes?

Chris asintió.

–Sí. Como cuando un hombre mayor y rico se casa con una mujer joven y guapa y todo el mundo dice que ella lo hace por su dinero, pero él dice que lo quiere y lo comprende.

–Exacto, y unas veces será así y otras, se divorciarán en un par de años. Lo difícil, y lo que todavía no he aprendido es a diferenciar cuándo me estoy imaginando yo algo y cuándo un hombre es realmente así.

Él se inclinó e hizo que Macy se levantase de su silla y se sentase en su regazo. La besó y la abrazó con fuerza contra su pecho.

–Yo soy de verdad, Macy.

Ella enterró los dedos en su pelo y le devolvió el beso con más pasión de la que Chris había esperado.

–Eso espero –le dijo después–. ¿Por qué no vas a ver qué hay en la televisión mientras yo recojo la cena?

–Tengo ganas de abrazarte –le contestó él.

Macy se ruborizó y se puso en pie.

–Eso estaría bien.

–Entonces, deja los platos y ven conmigo –le pidió Chris, tendiéndole la mano.

Ella se la dio con timidez y Chris se dio cuenta de que no estaba cohibida solo por las operaciones, sino que era una mujer inocente en general.

Se sentó en el sofá y cuando ella se puso a su lado, la abrazó. Macy se hizo un ovillo y apoyó la cabeza en su hombro.

Y a Chris solo se le ocurrió una manera de demostrarle que él era lo que quería y necesitaba. Iba a necesitar tiempo. Cuanto más tiempo, mejor, porque llevaba una eternidad deseando acariciar y besar a aquella mujer.

Chris se puso la gorra de los Rangers de Texas para ver el partido de béisbol y Macy pensó que le encantaba estar sentada a su lado en el sofá.

Unos minutos después, Chris le puso la mano debajo de la barbilla e hizo que echase la cabeza hacia atrás para darle un beso.

A Macy le gustó. Siempre había querido tener con él más de lo que habían tenido. En el instituto, había estado demasiado centrada en sí misma, pero él siempre se había asegurado de que cada beso que compartiesen fuese todavía más ardiente que el anterior.

En esos momentos, besarlo fue un paso más para recuperar su feminidad y ser la mujer en la que se estaba convirtiendo. Sus lenguas se entrelazaron en un beso apasionado, pero no abrumador. Como él mismo. Cuando rompió el beso y la miró, tenía los ojos llenos de pasión.

—Sabes… a algo tan irresistible que quiero más —le dijo.

—Yo también —admitió Macy.

—Bien.

—¿Por qué no me has dado un beso cuando me has dejado en mi coche esta mañana?

Él volvió a besarla.

—Porque no estaba seguro de querer que esto fuese más allá.

—¿Por qué no?

—Porque me rompiste el corazón, Macy, cuando me dejaste. Sé que era solo un amor de adolescente, pero no quiero que me vuelvas a hacer daño.

Ella se giró para mirarlo y le apoyó las manos en los hombros.

–Lo siento tanto, Chris. Ojalá… ojalá hubiese sido diferente. Ojalá me hubiese dado cuenta entonces de que eras un hombre maravilloso.

–Yo no quiero que seas diferente –le dijo él–. Me encantaba aquella chica descarada y coqueta que se creía el centro del universo.

Macy se echó a reír al oír aquella descripción. La vida le había hecho aprender que Macy Reynolds no era el ombligo del mundo.

–¿Quieres que nos acariciemos un poco? –le preguntó él–. En el instituto no lo hicimos mucho y cada vez me cuesta más mantener las manos alejadas de ti, Macy.

–No estoy segura… Todavía tengo cicatrices del accidente. Y tengo muy poca experiencia. Seguro que tú tienes muchísima.

Luego se maldijo en silencio por estar diciendo tantas tonterías, pero no podía evitarlo.

Chris le pasó la mano por la espalda antes de acercarla todavía más a él, después se tumbó en el sofá, con ella entre sus brazos.

Macy deseaba aquello y mucho más.

–Sabía que un beso no iba a ser suficiente –le susurró Chris contra los labios.

Ella se apretó contra su cuerpo, siguió besándolo y le acarició el pecho a través de la camiseta. Se había cambiado y se había puesto unos pantalones cortos y una camiseta para ayudarla a limpiarla casa.

–Estás muy fuerte –comentó.

Él rio.

–En Dallas, intento hacer deporte al menos una vez al día, porque paso demasiado tiempo sentado trabajando.

Ella se mordió el labio inferior mientras pensaba en lo mucho que deseaba verlo sin camiseta.

–¿Qué?

–¿Por qué no te quitas la camiseta?

–Encantado –le respondió él–, pero a lo mejor te pido que te la quites tú también.

–Mi cuerpo no es bonito.

–No, bonito no, es precioso, pero haremos lo que tú quieras y cuando tú quieras.

Se sentó, se quitó la camiseta y la tiró al suelo. Tenías los abdominales duros, no eran una tableta de chocolate, pero estaban muy bien.

Macy pasó la mano por su pecho, que estaba cubierto por una fina capa de vello. Luego se inclinó y lo besó en el cuello y en los hombros mientras sus manos exploraban el resto de su cuerpo.

Le gustaba tocarlo. Así se parecía mucho más al chico al que había conocido que al magnate que había vuelto a la ciudad a demostrar su valía.

Notó sus manos en la curva de la espalda, metiéndose por debajo de la camisa y ella la agarró y se la sujetó. Tal vez Chris había pensado que lo de las cicatrices era una broma, pero no lo era y no quería que la viese así.

–No te la quitaré si tú no quieres –le dijo él–, pero quiero tocarte.

Macy asintió y permitió que volviese a meter las manos por debajo de la camisa.

Contuvo la respiración cuando le acarició la cicatriz que tenía en el lado derecho, pero Chris no dijo nada. Ella se estremeció.

–Lo siento…

–No pasa nada –la tranquilizó él, poniéndole un dedo en los labios–. Eres preciosa, que no se te olvide.

Luego se bajó del sofá y se puso de rodillas en el suelo para tenerla más cerca. Le levantó la camisa y Macy lo miró a él en vez de mirar su propio cuerpo. Chris trazó la cicatriz con la punta de los dedos y ella notó el calor de su aliento en toda la zona.

Un momento después, notó un beso. Las cicatrices ya no le causaban dolor físico, pero no se había dado cuenta de cuánto le dolía tenerlas hasta que Chris se las había tocado.

–¿Qué estás haciendo? –le preguntó.

–Sanar esta herida –respondió él.

–¿Por qué?

–Porque quiero que sepas lo sexy que es tu cuerpo, porque, en parte, es lo que te ha convertido en la mujer que eres ahora –le dijo.

Bajó la cabeza otra vez y ella enterró los dedos en su suave pelo rubio. Había sabido que Chris era distinto a los demás, pero hasta ese momento no había sabido por qué.

Él cambió de postura y se incorporó para darle un dulce y apasionado beso. Pero Macy no estaba preparada para nada más esa noche. Estaba más frágil y vulnerable de lo que había pensado.

Lo empujó con cuidado de los hombros. Chris la miró.

Y ella solo pudo perderse en sus ojos durante unos largos segundos.

Chris se levantó, atravesó el salón y fue hacia las puertas correderas que daban al jardín trasero. Las abrió y el calor le golpeó el pecho. Quería más de lo que Macy podía darle en esos momentos.

Y no quería presionarla. Tendría otro momento, y estaría preparado. Rodeó la piscina y fue hacia donde estaba la barbacoa. Aquella casa tenía todo lo necesario para ser un hogar.

–¿Chris?

–¿Sí?

–¿Quieres beber algo? –le preguntó ella, un poco perdida–. Preparo unos martinis estupendos.

Él se echó a reír.

–Claro, me tomaré uno.

Macy todavía tenía los labios un poco hinchados de sus besos. Chris deseó acariciarla de nuevo, pero eso solo podría causarle más frustración.

–Bueno, en realidad creo que debería dejarlo para otro momento. Será mejor que me marche a casa.

–Ah, de acuerdo.

Se acercó a ella y la abrazó con fuerza. Macy volvió a apoyar la cabeza en su corazón.

–Necesito respirar un poco de aire fresco para no intentar convencerte de que hagas el amor conmigo.

–No lo has intentado.

–Pero lo haré si me quedo. ¿Estarás bien sola si me marcho?

Ella asintió.

–Sí. Cambiaré las camas, recogeré las cosas de la cena y después creo que volveré a casa de mi padre.

–¿Podemos comer juntos mañana? –le preguntó él.

–Creo que podré hacerte un hueco en mi agenda. ¿Qué tienes pensado?

–¿Qué te parecería dar una vuelta en mi avión?

–Me encantaría –le dijo Macy–. Yo me encargaré de llevar algo de comer.

–Estupendo.

Chris le dio otro beso apasionado y luego supo que tenía que dejarla marchar si quería que la cosa se quedase así.

Pero no quería dejarla marchar. Le gustaba cómo se sentía entre sus brazos y no quería dejarla marchar.

Pero cuando Macy lo agarró por la cadera y lo apretó contra su cuerpo, supo que debía hacerlo.

Retrocedió muy despacio, le quitó las manos con cuidado y se las sujetó.

–Gracias por esta noche.

–De nada. Creo que ha sido la mejor cita de toda mi vida –admitió ella.

–¿Y aquel picnic que hicimos junto al lago cuando éramos niños? –le preguntó Chris, que recordaba aquel momento de una manera especial.

Macy negó con la cabeza.

–Esta es mejor porque está ocurriendo ahora y porque creo que... esta vez no voy a cometer los mismos errores que entonces.

–Eso espero –le dijo él, dándole otro beso antes de ir hacia la puerta.

Se subió a su Porsche y salió del barrio tranquilamente, aunque en realidad no estaba nada tranquilo. Se sentía salvaje y excitado, como si todo fuese a cambiar en su vida.

Salió de la ciudad y tomó la autovía, donde había poco tráfico, y allí pisó el acelerador y condujo como si pudiese escapar del pasado.

Condujo como si tuviese la respuesta a su futuro, como si tuviese dudas acerca de Macy y de él y de que tenían que estar juntos.

Sabía que no había vuelto por venganza y sospechaba que Macy lo sabía también, pero se temía que ella volviese a ceder a las presiones y rompiese con él. Tal vez hubiese cambiado por fuera, pero por dentro, en lo que era realmente importante, seguía siendo el mismo.

A pesar de que Macy había estado muy cariñosa con él esa noche, Chris sabía que estaba volviendo a la vida después de un periodo de letargo.

Era el primer hombre que la había besado y

tocado después de tres años. Y, al parecer, el segundo hombre de toda su vida.

Se echó a reír al darse cuenta de que Macy Reynolds volvía a tenerlo en sus redes y no tenía ni idea de cómo salir de allí.

Capítulo Siete

–Buenos días, papá –dijo Macy al entrar en la cocina a la mañana siguiente.

Le dio un beso a su padre en la frente y luego se preparó una taza de té.

–Buenos días. ¿Qué tal anoche?

–Bien –respondió ella, intentando no ruborizarse al pensar en Chris–. Estuve limpiando un poco mi casa, preparándola para volver.

–No tienes por qué marcharte de aquí –le dijo él–. Me parece bien que te quedes.

–Gracias, papá, pero creo que necesito hacerlo. Me hará sentir que vuelvo a caminar sola.

Él le apretó una mano de forma cariñosa.

–Tu recuperación está siendo asombrosa. Siempre supe que tenías la fuerza de tu madre, y me lo has demostrado con esta prueba.

–Es algo que siempre me has dicho, pero que yo no había sentido. Todo en mi vida era demasiado fácil, no había retos en ella.

Tal vez por eso había salido con Chris. Había sido la primera cosa por la que había tenido que esforzarse. Le gustaba, por supuesto, había sido un chico muy mono. Y lo seguía siendo, pero también estaba el reto de salir con alguien prohibido.

–No quería que tuvieses que luchar por lo que querías. El abuelo Reynolds no me dio nada hecho y me hizo trabajar el doble que al resto en la empresa para demostrar mi valía. Aquello hizo que sintiese rencor por él y no quería que tú sintieses lo mismo por mí.

Macy se levantó y abrazó a su padre.

–Nunca ha sido así. Ni siquiera cuando me decías con quién debía o no debía salir.

Harrison se encogió de hombros.

–Siempre he intentado protegerte.

–Y, aun así, me han hecho daño –le dijo ella–. ¿No te parece gracioso?

Por mucho que su padre hubiese intentado protegerla, ella había cometido errores y le habían hecho daño por tomar decisiones equivocadas, como acceder a casarse con Benjamin. Por supuesto, cuando su padre le había dicho que no le gustaba Benjamin, ella había puesto todavía más interés en que la relación durase.

–Sí. Lo único que podemos hacer es vivir de acuerdo con nuestros principios e intentar no hacer daño a demasiadas personas.

–Pues yo pienso que tú lo estás haciendo muy bien, papá.

–Gracias, hija. Mañana tengo una reunión muy temprano en el club, para hablar de la reforma que van a hacer.

–¿Por qué tienes tanto interés en ese proyecto? No lo necesitamos –comentó Macy.

–Quiero asegurarme de que no me voy a ver

afectado por los errores que cometió Sebastian. Era mi amigo y por eso estuve ciego y no vi lo que estaba haciendo.

–Nadie te ha echado la culpa a ti.

–Me la echo yo, por no haberme dado cuenta –admitió Harrison–. El club siempre ha sido mi segundo hogar y quiero que continúe siéndolo.

Macy lo entendía. Su padre era una persona muy leal.

–¿Vas a cenar en casa esta noche?

–No creo, trabajaré hasta tarde y luego pararé en el club antes de venir a casa. ¿Y tú?

–Todavía no lo sé. Me estoy leyendo un libro nuevo.

Su padre se echó a reír y luego sacudió la cabeza antes de decir:

–Niña, qué vida tan emocionante llevas.

Ella le sonrió y lo abrazó suavemente.

–Lo sé. Y pretendo que siga así.

Después de que su padre se marchase, Macy se terminó el té y fue a vestirse para ir a trabajar. Estaba deseando comer con Chris. Esa noche había soñado con él y estaba deseando hacer realidad sus sueños.

Quería que Chris fuese suyo. No quería que fuese solo un novio de la adolescencia, ni un ligue.

¿De verdad estaba dispuesta a hacer que su relación avanzase? ¿Podía evitarlo? Por primera vez en su vida, quería tener un amante. No un prometido ni un novio, sino un amante. Más o menos. Una sensación extraña la invadió. Se miró en el espejo y vio su cara recién operada, y por fin empezó a aceptar a la mujer que era.

Ya no era una extraña la que la miraba desde el otro lado del espejo, sino una mujer fuerte y segura de sí misma. Una mujer que podía atraer a un hombre como Chris Richardson.

Fue a comprar todo lo necesario para la comida y luego, a trabajar. Pasó la mañana entre números y fórmulas. Allí estaba a gusto porque no había emociones de por medio. La relación con Chris era extraña y, al mismo tiempo, formaba parte de su nuevo ser.

Pensar en él la distraía, pero le daba igual. Había estado demasiado tiempo sufriendo y utilizando el trabajo como válvula de escape, y en esos momentos tenía algo más satisfactorio en su vida. Algo que quería que fuese suyo. Un hombre que tenía que ser para ella.

Apagó el ordenador diez minutos antes de la hora a la que Chris iba a llegar y tomó la cesta de picnic para ir a esperarlo a la entrada. Su padre no le había dicho nada con respecto a que saliese con Chris, pero, después de haber interrumpido su cena en el club, debía de imaginar que se estaban viendo.

Chris pasó casi toda la mañana hablando por teléfono con un cliente. Tenía que centrarse en la oferta al Club de Ganaderos de Texas para poder marcharse cuanto antes de Royal y volver a su vida real, pero lo cierto era que no tenía prisa.

Acababa de colgar el teléfono cuando llamaron a la puerta.

—Ha venido a verte tu madre —anunció Tanja.

Su madre entró en el despacho.

—Gracias, Tanja.

—De nada —respondió esta marchándose y cerrando la puerta tras de ella.

—Hola, mamá. ¿Qué puedo hacer por ti esta mañana? —le preguntó Chris.

—No, qué puedo hacer yo por ti... La hija de Amanda Hasher va a venir a la ciudad este fin de semana y quería invitarla a cenar con nosotros.

—No.

—Pero...

—No. No quiero que me organices citas a ciegas. Además, ya estoy saliendo con alguien.

—¿Con quién?

—Con Macy Reynolds.

—No quiero decirte lo que debes hacer, cariño —le dijo su madre—, pero ¿piensas que es lo más inteligente...?

—¿Por qué no iba a serlo? Macy ya no es la misma de antes.

—Eso espero. ¿Estás seguro de que no quieres cenar con la hija de Amanda?

—Estoy seguro.

Margaret suspiró.

—¿Qué pasa?

110

–Que me gustaría tener nietos. Tal y como tengo el corazón...

–A tu corazón no le pasa nada –le dijo Chris, porque quería que su madre empezase a creerlo.

Quería que supiese que siempre iba a estar a su lado aunque estuviese sana, pero no podía decírselo así.

–Los médicos no saben qué me pasa –comentó ella en tono lastimero, pero Chris ya la conocía y no se dejó engañar.

–Tienes razón, no lo saben, pero yo estoy pensando en comprarme una casa aquí para poder venir con más frecuencia... eso seguro que te viene bien –le contestó, dándole un beso en la mejilla.

Luego se abrazaron.

–Seguro que sí. Si no quieres salir con nadie que no sea Macy, ¿por qué no venís los dos a cenar a casa esta noche?

–¿Por qué?

–Porque quiero ver si es sincera. Me pidió que trabajase con ella en un proyecto y me gustaría veros juntos.

Él sacudió la cabeza e hizo un esfuerzo para no poner los ojos en blanco.

–Se lo preguntaré, pero estoy trabajando mucho en el proyecto del club y no sé si podré estar libre a una hora decente.

–Estupendo. Así tendré más tiempo para pensar qué cocinar. ¿Quieres que te haga algo hoy? ¿Que te lleve algún traje a la tintorería o algo así?

–No, mamá. Acabas de salir del hospital hace solo un par de días, ¿no crees que deberías tomártelo con más tranquilidad? –le preguntó.

–De eso nada. Tenerte en casa hace que me sienta descansada y fresca.

Le dio un beso.

–Ahora te dejo trabajar. Estoy tan contenta de tenerte en casa, Chris. No sabes lo mucho que significa para mí poder pasar por tu despacho a verte siempre que quiera.

Salió por la puerta como un torbellino y Chris oyó reír a Tanja con algo que su madre debía de haberle dicho al pasar. Recordó las ganas que había tenido de marcharse de Royal, pero, en esos momentos, había cambiado su manera de sentir la ciudad.

Tanja asomó la cabeza por la puerta.

–Chris, acaban de enviar de Dallas los archivos con las ofertas de Reynolds Construction. ¿Qué quieres que haga con ellos?

–Échales un vistazo, averigua quién ganó los concursos a los que se presentaron y los motivos –le pidió.

–De acuerdo. Me va a llevar un rato. Hay ofertas de los últimos cinco años –le contó Tanja.

–Pues céntrate en ello. Necesito poder responder a Harrison Reynolds cuanto antes. Me voy a tomar la tarde libre. Me llevaré el teléfono móvil, para que puedas localizarme si es necesario.

–De acuerdo. Yo me quedaré trabajando en esto –le contestó ella.

–Gracias, Tanja –le dijo Chris mientras esta salía de su despacho.

Llamó al aeropuerto para asegurarse de que Buck, que hacía el mantenimiento de su avión, había comprado champán y alguna cosa más. Quería demostrarle a Macy todas las cosas que podía darle.

Sacudió la cabeza, se levantó y paseó por el despacho. No tenía nada que demostrar, ¿o sí? ¿Por qué necesitaba hacerlo?

Le sonó el teléfono y vio que se trataba de Sam Winston, su compañero de habitación en la universidad. Ambos habían llegado a Austin con una beca de fútbol y se habían hecho buenos amigos. En esos momentos, hacía un par de semanas que no hablaban.

–Hola, Sam.

–Eh, Chris, ¿cómo estás? He venido a Fort Worth a unas conferencias y he llamado a tu despacho, pero me han dicho que no estás en Dallas –le dijo Sam.

–Estoy en Royal. Mi madre ha estado ingresada en el hospital.

–¿Cómo está? –le preguntó Sam.

–Bien. Los médicos no saben qué le pasa en el corazón –le contó él, poniéndole al día de la situación.

–¿Cuánto tiempo vas a quedarte allí? Las conferencias duran hasta el viernes y puedo quedarme el fin de semana. Georgia va a pasar el fin de semana con unas amigas.

–¿Y te ha pedido que desaparezcas de casa? –le preguntó Chris.

Había sido testigo en la boda de Sam y quería a Georgia como si fuese su hermana. Era la única que sabía cómo llevar a Sam.

–Más o menos. ¿Me vas a dejar colgado?

–No voy a poder estar en Dallas este fin de semana, pero ¿por qué no te vienes tú a Royal? –le sugirió Chris.

–Es una idea. ¿Puedo ir en coche?

–Te mandaré mi avión privado. Te acuerdas de Buck, ¿verdad?

–Sí. Estupendo. Estaré allí el sábado por la mañana.

–Bien. Tengo ganas de verte.

Chris colgó. Quería tener una relación como la que tenían Sam y Georgia. Estaban casados, pero no tenían por qué estar pegados el uno al otro todo el tiempo. Y seguían siendo felices después de cinco años de matrimonio.

Él todavía no había logrado encontrar esa felicidad, por mucho que la hubiese buscado.

Lo cierto era que solo había conocido a una mujer que había hecho que dejase a un lado su trabajo, y esa era Macy.

Así que sabía qué era lo que quería.

Quería a Macy Reynolds e iba a hacer todo lo que estuviese en sus manos para conseguirla.

Había estado conteniéndose por miedo a asustarla, pero estaba empezando a pensar que no era ella la que estaba huyendo de él.

Macy disfrutó mucho de la comida, pero su padre los interrumpió con una llamada cuando llevaban más o menos una hora juntos, y tuvo que pedirle a Chris que la llevase de vuelta a Royal, cosa que este hizo a regañadientes.

–Lo siento.

–No pasa nada. Sé que tienes que atender a tu padre cuando te llama.

–No siempre, pero hoy me necesita –le contestó ella.

Aunque, en el fondo, no estaba segura de que la necesitase en ese instante, esa mañana le había dicho que no tenían que presentar la oferta en la que estaban trabajando hasta el viernes.

–¿Estás libre esta noche? –le preguntó Chris.

–Sí. ¿Quieres que salgamos?

–Sí. Quiero ir a algún lugar donde podamos bailar para tenerte abrazada toda la noche.

–De acuerdo, aunque ya no puedo ponerme tacones como antes.

–Me parece bien.

Ella sacudió la cabeza.

–Solo estaba pensando en que quería estar guapa, perdona por haberte dicho eso.

–Tú siempre estás guapa. ¿Qué tienen que ver los zapatos con eso?

–Que me hacen las piernas más largas.

–Macy, si tus piernas fuesen más largas, me

115

moriría. De verdad que son preciosas, te pongas los zapatos que te pongas.

Tal vez él pensase eso, pero Macy había empezado a desear cosas en las que hacía mucho tiempo que no pensaba, desde el accidente. Y una de ellas era que quería ponerse un vestido ceñido y unos tacones.

Pensó en la pequeña Sara y se sintió avergonzada. Ya tenía edad para que no le importase tanto el aspecto físico y la ropa.

–Gracias, Chris.

–¿Por qué?

–Por las cosas bonitas que me dices, estaba pensando como la Macy de antes del accidente. ¿Era muy superficial?

–De eso nada. Solo estabas acostumbrada a ver el mundo de una manera diferente. Ahora ha cambiado todo. No me malinterpretes, si quieres ponerte guapa, yo encantado. Me gusta verte mucho más segura de ti misma con la ropa de montar a caballo que con la ropa de ir a trabajar –le dijo–. Andas por los establos con la confianza de cien mujeres.

Aquello tenía sentido, como siempre con Chris. Macy ya se había dado cuenta de que la ropa que llevaba puesta influía en su manera de sentirse. Y la ropa de montar la hacía sentirse segura de sí misma.

Se inclinó y le dio un beso. No fue un beso apasionado, solo un roce de labios contra su mejilla. Chris era mucho más que un hombre de su pasado. Más que un hombre con el que salía de vez en cuando y que le hacía sentirse otra vez como una mujer. Se estaba enamorando de él otra vez y no sabía si era sensato.

Había pasado una época muy difícil y era el primer hombre con el que salía después de todas las operaciones. Necesitaba hablar con alguien, necesitaba una segunda opinión, pero no estaba segura de querer confiarle sus sentimientos a nadie.

Pero así era el amor, no era como las matemáticas, no tenía garantías ni implicaba ninguna promesa. El amor hacía que una se sintiese así de bien por dentro y que, al mismo tiempo, tuviese miedo y dudas.

Chris se quedó mirándola y ella se dio cuenta de que había dejado la conversación a medias. ¿De qué estaban hablando? ¿De montar a caballo?

—Me encanta montar a caballo —comentó.

—Ya me he dado cuenta.

—¿Tienes algún plan para el sábado? Voy a ir a casa de tu madre, a trabajar en unos conjuntos que vamos a hacer para la unidad infantil de quemados. Y no estoy segura de caerle bien a tu madre.

—Tengo planes. Va a venir mi compañero de habitación de la universidad... ¿Por qué tienes dudas con respecto a mi madre?

—Porque sabe que te rompí el corazón hace años. Va a ayudarme con lo de la ropa, pero me trata con frialdad.

–Sé tú misma y verás como es más cariñosa –le aconsejó Chris.

Macy pensó que tal vez fuese buena idea dejar de verse todos los días, así podría volver a ver las cosas de manera objetiva. Tenía que asegurarse de qué era lo que sentía… si era amor… Se maldijo, no había planeado volver a sentirlo nunca. Benjamin le había roto el corazón al dejarla y ella había creído que no volvería a enamorarse jamás.

Eso era lo que la asustaba. Si permitía que Chris le importase demasiado y para él lo suyo era solo algo temporal, se moriría.

Y no quería que volviesen a romperle el corazón. Quería ser cauta y protegerse de unas emociones que Chris despertaba en ella con demasiada facilidad, pero sabía que ya era demasiado tarde. Aquel hombre la tenía hechizada y no solo quería tenerlo en su cama, sino en su vida en general.

Y eso hizo que se sintiese como una tonta, porque ni siquiera su padre sabía que estaba saliendo con él. Y porque acababa de salir de una época muy oscura de su vida, pero no podía evitar sentir lo que sentía, ni quería hacerlo.

Capítulo Ocho

Dos días más tarde Macy seguía evitando hablar de Chris con nadie. Y eso incluía a Abby, que la había llamado varias veces. Todavía no estaba preparada para hablar, así que volvió a colgarle el teléfono. Un segundo después llamaban a la puerta y allí estaba Abby, con el teléfono en la mano.

–No puedo creerme que no quieras responder a mis llamadas –le dijo.

Macy notó calor en la cara.

–Estoy…

–Evitándome –terminó Abby en su lugar.

–Entra, cierra la puerta y te lo contaré –le dijo Macy.

Abby cerró la puerta, pero en vez de sentarse en una silla, se apoyó en el escritorio.

–De acuerdo, escupe, qué es eso tan importante que hace que ya no tengas tiempo para una buena amiga.

–Estoy saliendo con Chris Richardson.

–¿El promotor inmobiliario?

–Sí.

–Vaya. Ojalá lo hubiese sabido. He traído a otro promotor para que todo el mundo sepa que lo de presentarme a presidenta del club va en serio.

–Ah, supongo que la competencia es buena.

–Por supuesto que lo es, pero estoy decidida a ganar, y eso significa que tal vez Chris no se quede en la ciudad todo el tiempo que a ti te gustaría.

A Macy no le preocupaba el tema del club.

–Chris y yo ya tenemos antecedentes. La verdad es que necesitaba hablar con alguien del tema, pero no sabía cómo hacerlo.

–En ese caso, es una suerte que haya decidido pasarme a verte –comentó Abby–. Vamos a dar un paseo.

Macy guardó el documento en el que estaba trabajando en el ordenador y salió del despacho con su amiga. Dieron un paseo por el parque que había cerca de la sede central de Richardson Construction y estuvieron charlando.

–¿Qué te pasa? –le preguntó Abby.

–Chris y yo salimos un tiempo en el instituto, pero mi padre pensó que no era lo suficientemente bueno para mí y me presionó para que rompiese con él. Y yo lo hice.

–De algo me acuerdo del instituto, pero no me lo habías contado nunca.

–Últimamente he tenido temas más importantes en lo que pensar.

–Sí. Y quiero decirte otra vez que me alegro mucho de que no tengas que volver a operarte –le dijo Abby.

–Gracias.

–¿Tu padre sigue oponiéndose a que salgas con Chris? No tendría sentido. Me he estado informando por Internet y he visto que tiene mucho éxito en los negocios.

–No tengo ni idea de lo que piensa mi padre –admitió Macy, que estaba empezando a sudar con el calor de aquella mañana de agosto–. No le he dicho nada.

–¿Por qué no? ¿Te da miedo contárselo? –le preguntó Abby.

–No lo sé. Tal vez. La verdad es que no estamos saliendo de manera oficial. Hemos empezado a hacer cosas juntos, cada vez más y… creo que me estoy enamorando de él –admitió–, pero me parece demasiado pronto. Acabo de salir de la última operación. ¿Y si lo que siento es una especie de espejismo?

Abby le puso un brazo alrededor de los hombros y la apretó con fuerza un momento.

–Eres una adulta, así que lo que diga tu padre siempre será discutible, pero si estás teniendo que hacer las cosas a escondidas, pienso que lo mejor es que le cuentes que estás saliendo con Chris y que pretendes seguir haciéndolo. Y con respecto a lo otro, lo del amor… el tiempo lo dirá.

–Pero es que yo estoy acostumbrada a encontrar respuestas y a planearlo todo, Abby.

Esta volvió a abrazarla.

–Lo sé, pero la vida real no es así.

Macy era consciente de que su amiga tenía ra-

121

zón. No podía olvidar que, por mucho que planease las cosas a su antojo, siempre había imprevistos. Podía seguir como estaba con Chris o dejar de verlo para evitar que le hiciesen daño otra vez.

–Me da miedo sufrir –confesó–. Siempre me he dicho a mí misma que había pasado página con respecto a Benjamin, pero a veces me sigue afectando.

–A nadie le resulta fácil confiar en los demás –le dijo Abby.

–Y yo que pensaba que tú tenías todas las respuestas –comentó Macy–. No me digas que también tienes dudas, como el resto de los mortales.

Abby negó con la cabeza.

–No quiero manchar mi imagen.

–No lo has hecho –le aseguró Macy–. Gracias por obligarme a hablar contigo.

–De nada.

–¿Te gustaría echarme una mano en la unidad infantil de quemados el sábado?

–Por supuesto, ¿qué vamos a hacer? –quiso saber Abby.

–Una jornada de belleza para mis pequeños amigos. La madre de Chris les está haciendo ropa y he quedado con el instituto de belleza para que vayan a pintarles las uñas a las niñas, pero me vendría bien algo de ayuda para vestirlas.

–Suena divertido. ¿A qué hora?

Macy le dio todos los detalles mientras volvían a su despacho. Antes de que Abby se marchase, pensó que no le había dado las gracias como se merecía por haber estado a su lado en los peores momentos de su vida.

–Gracias, Abby.

–De nada, pero ¿por qué?

–Por asegurarte de que nunca estoy sola, incluso cuando he querido estarlo. Creo que no eres consciente de lo mucho que me has ayudado.

–Tú también me has ayudado a mí, Mace, me has dado un motivo para no pensar solo en mí –le respondió Abby.

–Bien –dijo Macy, dándole un fuerte abrazo antes de marcharse.

Entró en el edificio y al pasar por delante del despacho de su padre, lo vio sentado al teléfono, como de costumbre, y dudó un instante. Al final decidió no hablar con él de lo de Chris. Todavía no.

El sábado por la mañana, de camino al aeropuerto a recoger a Sam, Chris se dio cuenta de que llevaba casi tres días sin ver a Macy. ¿Lo estaría evitando?

¿O había estado tan ocupada como él?

Recogió a Sam, que nada más verlo le dijo:

–Estoy muerto de hambre.

–Bien. Iremos a comer al Royal Dinner, una cafetería, y así conocerás mi ciudad.

–¿A una cafetería?

–En unos minutos, sabrás más de los vecinos de Royal que si hubieses estado viviendo aquí toda la vida –le dijo Chris.

Sam se echó a reír. Charlaron acerca de la conferencia a la que había asistido en Fort Worth y, una vez sentados en la cafetería, Sam le contó a Chris lo que habían estado haciendo con Georgia ese verano. Estaban construyendo una piscina.

–¿Por qué no me has pedido ayuda?

–Porque tú tienes tu negocio en Texas. Dudo que hubieses podido encontrar obreros en Connecticut.

–Tienes razón.

Ambos pidieron un desayuno con un alto porcentaje de grasas y luego Sam le preguntó:

–¿Por qué te marchaste de aquí?

Chris no había hablado mucho de Royal en la universidad.

–Porque una chica me rompió el corazón.

–¿A ti? Si nunca dejas que ninguna se acerque lo suficiente para hacer eso –comentó Sam.

–Intento no cometer el mismo error dos veces –dijo él.

Y luego se preguntó en silencio qué era lo que estaba haciendo con Macy. Nadie podía garantizarle que no fuese a hacerle daño otra vez.

–¿Qué ocurrió? –le preguntó Sam.

–Que a su padre yo no le parecía bien, así que rompió conmigo. El instituto terminó y me marché a la universidad. Sin mirar atrás.

–Ojalá fuese tan sencillo.

–Ojalá. Nunca lo es.

–Entonces, ¿qué ocurrió en realidad?

–Todo lo que te he contado es verdad, menos lo de que pasé página tan pronto. En realidad, nunca he dejado que nadie se me acerque por ella y su padre. Desde que ocurrió aquello, he soñado con volver a Royal y demostrar a todo el mundo lo que he conseguido, con que ella me rogaría que volviese a su lado y yo le diría que no.

Sam sacudió la cabeza.

–Bonito sueño.

–No tienes ni idea, pero la realidad es otra. Estoy saliendo con ella.

–¿De verdad? ¿Y su padre?

–No lo sabe. ¿No te parece una locura? Tengo treinta y dos años y sigo sin estar cómodo con su padre.

–Es complicado –le dijo Sam–. Lo mío con Georgia fue mucho más fácil. Le dije que estábamos enamorados y que íbamos a ser felices durante el resto de nuestras vidas y ella me contestó que estaba de acuerdo.

–Mentiroso. Metiste la pata y tuviste que volver a rogarle que volviese contigo. Que no se te olvide que yo estuve todo el tiempo a tu lado.

Sam volvió a reír.

–He empezado a recordar la historia de otra manera… Quería verte para contarte que Georgia está embarazada. Voy a ser padre.

Chris se sintió feliz por su amigo.

–Enhorabuena. No puedo creerlo.

–Nosotros tampoco. Ya íbamos a desistir de tener hijos cuando ha ocurrido. Georgia dice que es un milagro y yo le he pedido que deje de decir que tuve que rogarle que se casase conmigo. Quiero que mi hijo piense que su padre ha sido siempre un tipo estupendo.

–Y eres un tipo estupendo, Sam –le aseguró Chris–. Vas a ser muy buen padre. ¿Cuándo nacerá el bebé? –preguntó Chris, compartiendo la felicidad de su amigo y deseando estar igual que él.

–En febrero. Nos gustaría que tú fueses el padrino.

–Será un honor. Lo apuntaré en la agenda para poder ir a veros en cuanto nazca. No puedo creer que vayas a ser padre.

–Yo tampoco, pero hacía mucho tiempo que lo intentábamos. Georgia siempre ha dicho que teníamos mucha suerte de habernos encontrado, y yo también lo pienso, pero el hecho de ir a tener un hijo aporta algo nuevo a nuestra relación. No sé cómo explicarlo.

–No tienes que hacerlo –le dijo Chris.

Pasaron el resto del día en el Club de Ganaderos de Texas, charlando y jugando al póker en uno de los salones. Chris mandó un mensaje a Brad y a Zeke, que se acercaron a pasar la tarde con ellos para recordar los viejos tiempos de la universidad.

En esa ocasión, Chris se sintió más cómodo en el club, con sus amigos del fútbol y de la universidad. La vuelta a Royal le había despertado viejos miedos.

Tal vez con Macy le ocurriese lo mismo y no tuviese motivos para preocuparse en realidad. Sabía que esta tenía muy buena relación con su padre, pero eran adultos, cosa que se le olvidaba a veces cuando estaba en casa.

Al final de la noche se dio cuenta de que había bebido demasiado, lo mismo que sus amigos. Sam y él llamaron un taxi que los llevó de vuelta a casa de su madre.

Entraron en silencio y se fueron a la cama. El día había sido divertido, pero mientras Chris intentaba dormirse, solo podía pensar en Macy y en lo mucho que deseaba tenerla entre sus brazos.

Después de ir a misa el domingo, Macy y la señora Richardson entraron al salón de juegos de la unidad de quemados con cajas llenas de zapatos y ropa. Sara las estaba esperando. La niña estaba sonriendo de oreja a oreja y tenía a su lado a otra niña a la que Macy todavía no conocía. Esta llevaba toda la parte derecha del cuello y el brazo vendados.

–Hola, Macy –la saludó Sara.

–Hola, Sara. ¿Cómo te encuentras hoy?

–Estupendamente. Me dan el alta mañana. Esta es mi amiga Jen. Voy a volver a visitarla, como haces tú conmigo –le contó la niña.

Macy abrazó a Sara y sonrió a Jen.

–Tengo una sorpresa para vosotras.

–¿Qué es?

–Una pequeña fiesta de moda –le contestó Macy.

Tenía a su lado a Margaret, cargada con ropa de todos los colores.

–¡Bien! –exclamó Sara–. ¿Qué hago para ayudar?

–Dile al doctor Webb que hemos llegado. Y luego reúne a todas las niñas para que podamos empezar.

–Ven, Jen –le dijo Sara a su nueva amiga, llevándosela de la mano hacia el control de enfermería.

–Deja que te ayude con eso, Margaret –le dijo Macy a la madre de Chris.

–Gracias. Por cierto, que le he pedido a Chris y a su amigo Sam que nos ayuden también.

–Aquí estamos. ¿Dónde dejamos todo esto, mamá? –preguntó Chris desde la puerta.

En la mano tenía un enorme perchero lleno de ropa.

A Macy le sorprendió verlo. No había imaginado que quisiese pasar el domingo en el hospital.

–No lo sé… Aquí manda Macy –le respondió su madre–. Yo voy a ir a por el resto de las cosas.

Macy tomó el montón de ropa que tenía Margaret y se giró hacia Chris.

–Ponlo ahí.

Él obedeció y ella se acercó a colgar la ropa que tenía en las manos en el perchero. La principal diferencia entre la ropa normal y la que Margaret había confeccionado para las niñas era que esta no tenía costuras interiores ni cremalleras que pudiesen hacerles daño en la piel.

Chris le hizo levantar la barbilla y luego le susurró al oído:

—Te he echado de menos.

Ella también lo había echado de menos. Y verlo hizo que todos los sentimientos que había intentado controlar volviesen a surgir.

—Yo también. ¿Lo pasaste bien con tu amigo ayer?

—Sí. Luego lo conocerás, vendrá cuando se levante.

—Muy bien.

—Ven a ayudarme con esto, Chris —le pidió su madre.

Chris obedeció y Macy no tuvo más tiempo para pensar en él ni en si estaba enamorada. Empezó a ayudar a las niñas a vestirse.

El día pasó muy deprisa y a Macy le sorprendió que Chris se quedase allí todo el tiempo.

Pensó que todo en la vida ocurría por un motivo, aunque en la suya hubiese sido aquel horrible accidente. Antes, nunca había tenido tiempo para hacer ese tipo de cosas, pero el tiempo que pasaba en el hospital le parecía más valioso y gratificante de lo que había esperado.

Abby apareció a media mañana.

—Tenemos que hablar.

—¿No puedes esperar un rato? Tengo que vestir a otra niña y luego nos van a hacer un desfile –le dijo Macy.

–Puedo esperar, pero me he enterado de algo importante y… tenemos que hablar –insistió su amiga.

–De acuerdo. Hablaremos en cuanto se haya terminado esto.

–De acuerdo.

A Macy le preocupó la actitud de su amiga, pero no permitió que eso le aguase la fiesta. Los padres de los niños estaban sentados cerca de la alfombra roja que habían puesto en el suelo para el desfile. Y Chris había desaparecido.

–Yo creo que ya podemos empezar –dijo ella.

–Un momento –contestó Margaret–. Antes tenemos una sorpresa para ti.

–¿El qué?

–Chicos. Las niñas van a necesitar que las acompañéis.

Todos los niños aparecieron vestidos con enormes chaquetas de esmoquin. Muchos se habían dejado el pijama del hospital debajo, pero aun así estaban estupendos.

–¿Cómo lo has hecho? –preguntó Macy a Margaret.

–Ha sido cosa de Chris.

Ella sonrió y le dio las gracias en silencio cuando volvió a entrar en el salón. Él se limitó a asentir y fue a ponerse detrás de los padres, que estaban sentados en sillas. Macy se puso detrás de la cortina que tapaba a las niñas.

–¿Todo el mundo preparado? –preguntó.

Un coro de síes llenó el aire.

Macy salió de detrás de la cortina y miró a los padres, que esperaban ansiosos a ver sus hijos.

–Gracias a todos por venir al desfile de agosto del hospital de Royal.

Luego miró a Margaret, que también estaba detrás de la cortina, y esta puso la música. Macy presentó a cada una de las niñas y a su acompañante según fueron saliendo. La tarde fue un éxito y, cuando todo terminó, muchos padres se acercaron a darle las gracias.

A Macy le conmovió ver lo felices que estaban las niñas. Abby la estaba esperando en el pasillo, así que tenía que ir a hablar con ella.

–¿Qué pasa?

–Que he oído rumores estaba mañana en la cafetería...

–¿Acerca de mí?

–Más o menos. No sé si serán verdad, así que ni siquiera sé si debo contártelos.

–Suéltalo. Yo decidiré si debo creérmelos o no.

–He oído que Chris ha vuelto para vengarse. Que tiene planeado que te enamores de él para después dejarte como lo dejaste tú.

Capítulo Nueve

Macy se sintió como si le acabasen de dar una patada en el estómago. No supo qué iba a hacer.

Abby parecía enfadada y ella deseó poder reaccionar de la misma manera, en vez de sentirse tan dolida.

–Gracias por contármelo –le dijo, con una voz que le sonó rara hasta a ella.

Estaba empezando a enamorarse de Chris y el hombre al que ella conocía no podía querer vengarse. No obstante, supo que no podía volver a entrar en el salón y actuar con normalidad, como si no pasase nada.

–Siento haber tenido que contártelo, pero no quería que lo oyeras por ahí –le dijo Abby.

–¿Qué más ha ido diciendo?

–No lo sé. Una de las camareras lo oyó hablar con su amigo, eso es todo. ¿Qué vas a hacer al respecto?

–Hablar con él –le aseguró Macy.

El accidente le había enseñado que su vida se podía terminar en cualquier momento. Sabía la suerte que tenía de estar viva y, sinceramente, si Chris era capaz de pensar en hacer algo así... entonces, no iba a enamorarse de él.

Sí podía enamorarse del hombre que había llevado chaquetas de esmoquin para todos los niños y del hombre que había dejado de trabajar para llevarla a dar un paseo en su avión.

–¿Quieres que te acompañe? –le preguntó Abby, dándole la mano.

–No, estoy bien. Tengo que hacerlo sola –le dijo Macy.

Cada vez estaba más segura de sí misma y estaba a punto de volver a su casa y de recuperar completamente su vida. Se ocuparía sola de Chris. Se enfrentaría a él y averiguaría si los rumores eran ciertos.

–Cuando sea presidenta, me aseguraré de que no sea él quien haga las obras del club.

–No –le dijo Macy–. La venganza no es buena para nadie. No quiero afectar a su negocio. Si él necesita solucionar algo que ocurrió hace catorce años, entonces no es el tipo de hombre que quiero en mi vida.

–Eso es cierto –admitió Abby.

Macy forzó una sonrisa de medio lado. No quería pensar en que tenía muy mal gusto para los hombres. Siempre había pensado que Chris era una buena persona y le había echado a su padre la culpa de su ruptura. Y era cierto, se había dejado influenciar por él por aquel entonces.

–¿Sabes que rompí con él a cambio de que mi padre me comprase un descapotable?

–Oh, cielo –le dijo Abby.

–Así era yo. En cierto modo, no puedo culparlo por querer vengarse, pero ya no soy así. Y pensé que él sería el primero en darse cuenta.

Abby le acarició el brazo para reconfortarla.

–Ya sabes que la información procede de la cafetería, así que solo Dios sabe qué parte es verdad.

–Solo tengo que preguntárselo a él para averiguarlo –le respondió Macy, sabiendo que por muchas vueltas que le diese al tema, la respuesta solo podría dársela Chris.

Todavía tenía que terminar la fiesta y recoger el salón. Después iría a pedirle explicaciones.

Se estremeció al pensar en los momentos que habían pasado juntos, en los besos que habían compartido. Había pensado que era noble, pero ya no estaba convencida.

Se puso roja, notó que le ardía el rostro. ¿Era Chris capaz de hacer todo lo que había hecho desde que habían vuelto a verse solo para vengarse de ella?

Tenía la esperanza de que no, pero tener esperanza no servía de nada. Eso lo había aprendido en el hospital. Tenía que entrar en acción, aunque fuese doloroso, e iba a hacerlo.

–Le preguntaré directamente si ha venido a eso. No me lo parece, quiero decir, que hoy me ha ayudado sin que yo se lo haya pedido.

Pero su plan consistía en hacer que se enamorase de él, podía hacer todo lo que tuviese en su mano para que pensase que lo estaba haciendo por ella.

Se sintió confundida y se preguntó qué estaría pensando Abby.

Era probable que sintiese lástima por ella, por volver a estar en una situación complicada. Y le daba vergüenza que su amiga hubiese oído esas cosas, pero, por suerte, había tenido el valor necesario para contárselo.

Abby se encogió de hombros.

—No tengo ni idea de lo que es capaz.

—¿Quién? –preguntó Chris, saliendo al pasillo.

—Tú –le respondió Macy.

—Llámame luego –le pidió Abby antes de marcharse.

Y Macy se quedó allí, delante de Chris, buscando las palabras para preguntarle si estaba haciendo lo que Abby le había contado, pero no las encontró. Tenía en la cabeza lo que debía decir, pero no era fácil abrir la boca y preguntarle si estaba allí en busca de venganza.

—¿Macy? –le dijo él en tono sincero y preocupado.

Y una parte de ella quiso creer en lo que ella pensaba que era cierto. No obstante, ya la habían engañado una vez. Al parecer, Chris estaba cortado con el mismo molde que Benjamin y eso fue lo que más le dolió.

—¿Qué te pasa? –le preguntó Chris, que había sabido que algo iba mal nada más salir al pasillo y ver a las dos mujeres juntas.

–No sé cómo decirlo.

–¿El qué? Siento no haberte preguntado acerca de las chaquetas de los niños, pero pensé que estaría bien incluirlos en el desfile.

Ella sacudió la cabeza.

–Por supuesto. Tenía que habérseme ocurrido a mí. Has hecho muy bien. La próxima vez que organicemos un desfile, le pediré a tu madre que haga también chaquetas para los niños.

–Seguro que le encanta. Le ha gustado mucho ayudarte –comentó Chris–, pero no es por eso por lo que estás disgustada. Cuéntame qué te pasa.

Chris alargó la mano para tocarle el hombro y Macy retrocedió.

–Yo… Abby ha oído un cotilleo en la cafetería.

–Eso no me sorprende. ¿Tiene algo que ver con nosotros?

–Sí –respondió ella, sin entrar en detallas. Se abrazó por la cintura y se apretó con fuerza.

Chris supo que, fuese lo que fuese lo que Abby había oído, Macy estaba disgustada, y eso lo enfadó. Cuando se enterase de lo que ocurría, tendría que hablar con alguien. No quería que nadie cotillease acerca de Macy, que estaba luchando por recuperarse de un accidente muy grave.

–¿Qué han dicho de ti? –le preguntó.

–De nosotros.

–Me lo tienes que contar. No puedo saber si es verdad o no hasta que no me lo cuentes.

Macy respiró hondo.

–Dicen por la cafetería que has vuelto para hacer que me enamore de ti y luego romperme el corazón –le dijo ella por fin.

Chris negó con la cabeza. Se maldijo, él nunca había dicho eso. Entonces recordó la conversación que había tenido con Sam el día anterior. Era evidente que alguien los había oído y había sacado de contexto sus palabras, pero estaba seguro de que Macy no podía creerlo capaz de algo así.

–¿Y tú crees que es verdad? –le preguntó.

–¿Lo has dicho? –quiso saber ella.

–Sí.

–¿Es verdad? ¿Por qué quieres hacer algo así? –inquirió Macy–. Confiaba en ti.

–¿Me creerías si te digo que hablaba del pasado?

–Entonces es verdad. ¿Me has engañado para que piense que eres un hombre distinto al que eres en realidad?

–No. Por supuesto que no –le respondió Chris, agarrándola–. Creo que alguien me oyó contarle a Sam cómo me sentía cuando me marché de Royal, pero no tardé en darme cuenta de que lo ocurrido en el instituto se quedaría aquí. Luego seguí con mi vida y no volví a pensar en vengarme.

Tuvo la esperanza de que Macy comprendiese cómo se había sentido antes de marcharse. Aquel chico se había convertido en un hombre que entendía que, a veces, conseguir lo que uno quiere no es la solución a todo en la vida. El hecho de no conseguir a Macy había hecho que después consiguiese mucho más de lo que habría conseguido teniéndola a ella.

Pero no tenía más prueba que sus palabras y si Macy no lo creía, volvería a estar como catorce años antes.

–¿Y bien, Macy?

–¿Y bien, qué?

–¿Me crees? ¿Confías en tu instinto? ¿Me crees si te digo que no soy capaz de pasarme catorce años planeando vengarme de una chica?

–Dicho así…

–Te parece una tontería, ¿no? Era un hombre joven, con mucho carácter y un gran ego. Mi propio padre me dijo que eras demasiado para mí.

–¿De verdad?

–Sí, creo que le daba miedo que me hicieras daño, pero eso no significa que fuese a pasarme el resto de mi vida planeando vengarme de ti.

–Lo habría entendido si lo hubieses hecho –le dijo ella en voz baja–. Rompí contigo para que me comprasen un descapotable.

Chris negó con la cabeza.

–Cediste a la presión de tu padre. Yo tardé seis meses en darme cuenta de que si hubiese insistido, tal vez hubieses seguido conmigo, pero dejé que me sacases de tu vida de una patada.

Le acarició los hombros y la miró a los ojos.

–¿Me crees? –volvió a preguntarle.

–Te creo –respondió ella.

–Bien –dijo Chris abrazándola–. Jamás haría nada para hacerte daño, Macy.

La mantuvo contra su cuerpo y le dio un beso, e intentó convencerla así de lo mucho que significaba para él. Todavía no estaba preparado para decírselo, pero después de haberla visto con los niños del hospital… Después de haber visto el corazón que tenía… No había podido evitar preguntarse si era la mujer que quería para que fuese la madre de sus hijos.

La mujer que quería a su lado para el resto de su vida. Se maldijo. No había buscado una relación seria, pero Macy tenía algo que le hacía pensar en formar una familia y tener un hogar. Eran pensamientos incómodos, como una chaqueta de esmoquin demasiado pequeña, y quiso deshacerse de ellos.

Pero Macy se había ganado su cariño sin que se diese cuenta y, sinceramente, no quería dejarla marchar. Tenía la sensación de que si se dejaba llevar y se enamoraba de ella, lo sería todo para él. Como le ocurría a Sam con Georgia.

–Me alegro de que me creas –le dijo–. No sé qué haría si volviese a perderte.

Ella lo miró.

–Yo tampoco. No esperaba que volvieses a mi vida, Chris. He estado mucho tiempo sola y ya me había acostumbrado, pero tú has hecho que desee salir de mi cascarón, que desee correr riesgos.

–¿Te parezco un riesgo? –le preguntó él.

–Sí, lo eres. Cuando Abby me contó lo que había oído… Casi te comprendí por querer vengarte. Me porté tan mal contigo…

Chris se cruzó de brazos.

—Me rompiste el corazón.

—Lo siento mucho. Ya no soy esa mujer.

—Ya me he dado cuenta.

Alguien llamó a Macy.

—Tengo que volver a entrar.

Él la vio alejarse por el pasillo, balanceando las caderas. Quería fingir que no quería que fuese suya y solo suya. Tenía que fingir que lo que había entre ambos era solo deseo, pero en el fondo sabía que era más, mucho más.

A Macy le encantaba la sensación de libertad que tenía cuando montaba a Buttercup. Había parado con Chris en los establos para dar un paseo e iban a dirección a una poza en la que habían pasado mucho tiempo el verano que habían salido juntos.

Hacía calor aquella tarde, pero no tardarían de refrescarse en el agua.

—Siento otra vez lo del rumor –se disculpó Chris.

—No pasa nada. De todos modos, lo mejor es que lo hayamos hablado. Así estamos seguros de que el pasado, pasado está, y podemos seguir adelante.

Macy le había dado muchas vueltas al tema después de que Abby le hubiese contado aquello. Sabía que, viviendo en Royal, la gente siempre se iba a meter en su vida. Sabía que hablaban de su accidente y de que su novio la había dejado. Así eran las ciudades pequeñas y, aunque a ella no le gustaba ser el centro de las conversaciones, tenía la sensación de saber siempre qué tramaban sus vecinos.

–Abby no está nada contenta contigo –le dijo a Chris.

–A mí solo me importa tu opinión –respondió este.

Ella le sonrió.

–Me alegra oírlo, pero si quieres ganar el concurso del Club de Ganaderos de Texas, tendrás que considerar su opinión porque Abby tiene un papel muy importante en él.

–Brad piensa que no va a ganar las elecciones.

–No sé quién va a ganar, pero Abby va a traer a otro promotor inmobiliario para que tú no seas el único –le dijo Macy.

–Gracias por la información –le contestó Chris–. Yo voy a hacer lo que me ha pedido Brad y si consigo el trabajo, tanto mejor.

–¿De verdad?

–Sí. Vine por mi madre y como Brad me había pedido que hiciese un proyecto, pensé en aprovechar la ocasión, pero mi fortuna no está unida al club.

Ella se preguntó si sería cierto que el club le interesaba tan poco. En Royal, era un lugar exclusivo al que todo el mundo quería pertenecer, pero tal vez Chris tuviese otra manera de ver las cosas, después de tanto tiempo fuera de la ciudad.

–¿Vienes mucho por aquí? –le preguntó él.

Ella negó con la cabeza.

–Suelo montar en los establos, para que nadie se preocupe por mí.

–¿Por qué iban a…? Ah, supongo que te refieres a cuando empezaste a montar otra vez.

Macy recordó aquellos primeros días, cuando todavía llevaba el cuerpo vendado. No había tenido ganas de ver a nadie y había querido esconderse de los trabajadores del rancho de su padre.

–Sí, me di cuenta de que era un ser de costumbres, pero necesitaba mantenerme alejada de la gente. Me sentía un poco como la Bestia de *La bella y la bestia*.

–Seguro que no te parecías en nada a la bestia.

–Sí. Nadie me miraba directamente y además al principio llevaba la cara vendada. A veces todavía me despierto pensando que sigo teniendo la cara quemada y siento miedo.

–Espero poder hacer que te olvides de todo eso –le dijo Chris.

–No quiero hacerlo. Necesito recordar para que no se me olvide que la vida es un regalo.

–Eso es cierto.

Llegaron a la poza y desmontaron.

Los caballos estaban entrenados para quedarse donde los dejasen y Macy y Chris sacaron el picnic.

–No sé tú, pero yo necesito darme un baño antes de comer –comentó Chris.

–Aunque suene mal, estoy sudando –dijo ella.

Chris se echó a reír.

–A mí me encanta verte brillar.

Macy le dio un beso rápido. Se sentía muy afortunada por poder estar con él. Por un lado, porque era un hombre muy sexy y atento; por otro, porque había sentido miedo al pensar que solo había vuelto a Royal a vengarse.

–Gracias –le contestó–. El último que se meta en el agua tendrá que hacer la cena.

Luego se quitó las botas de una patada y se desabrochó el pantalón. Se lo bajó y después se deshizo de la camiseta y del sombrero a la vez, quedándose en bañador. Vio a Chris saltando a la pata coja, intentando quitarse los pantalones y las botas al mismo tiempo, y echó a correr hacia la poza.

La risa de Chris la siguió hasta el agua y un segundo después iba él.

–Empate –dijo Chris al emerger del agua.

–Yo he llegado antes –protestó Macy.

–Si tú lo dices.

Ambos flotaron en el agua y la pierna de Macy tocó la de él. De repente, ya no importó quién hubiese ganado la carrera. Chris la besó apasionadamente.

La abrazó y ella puso las piernas alrededor de su cintura y se aferró a sus hombros.

Macy notó las manos de Chris en el trasero.

Notó que le metía la lengua en la boca, y pensó que no era suficiente. Quería más.

Inclinó la cabeza para profundizar el beso y le agarró la cabeza con ambas manos para intentar controlar la pasión que crecía entre ambos, pero era algo incontrolable y Macy se sintió más viva que nunca.

Capítulo Diez

Chris se sintió como si llevase toda la vida abrazando a Macy y deseó hacerla completamente suya. Ya no tenía dudas acerca de ella, de que pudiese dejarlo como la primera vez.

Lo que quería en esos momentos era hacerle el amor. No sentirse solo como un amigo. Quería ser su amante.

Le desató el nudo que le sujetaba el bañador al cuello y la besó allí antes de bajarle uno de los tirantes, que se había quedado pegado a su piel mojada. Luego la besó en la clavícula.

Le bajó el otro tirante y trazó su marca con la lengua. A Macy se le puso la piel de gallina y Chris se preguntó si se le habrían endurecido los pezones con sus caricias.

—¿Te gusta sentir mis labios? —le preguntó, mordisqueándole la piel.

—Sí —respondió ella con la voz ligeramente ronca, apretando las caderas contra su erección.

—A mí también.

Chris le puso las manos en la cintura y la levantó para que sus pechos quedasen por encima de la línea del agua. Se agachó y se los besó y luego pasó la lengua por ellos.

Ella gimió y enterró los dedos en su pelo, arqueó la espalda.

–Quiero más, Chris. Tengo la sensación de que me voy a morir como no pueda acariciarte.

–Pues no quiero que te mueras –le dijo él, agarrándola con fuerza por el trasero para frotarla contra su erección–. Agárrate a mí.

Ella apretó con fuerza las piernas y lo abrazó por los hombros. Él la llevó hacia la orilla, mirando a su alrededor y hacia el horizonte para asegurarse de que estaban solos. Lo estaban. Llegó a la manta que habían tendido en el suelo y la dejó allí de pie, luego se apartó para mirarla.

Tenía el pelo mojado y pegado a la cara y a los hombros. El bañador seguía atado a su espalda, a la altura del estómago. Se lo desató.

Mientras tanto, Macy le acarició el pecho y le pasó los dedos por los pezones. Su erección se endureció todavía más y el bañador empezó a molestarle, así que se lo bajó.

Ella dio un grito ahogado al verlo desnudo. Dudó un instante y luego le acarició. Se agachó y Chris notó la punta de la lengua en su erección, enterró los dedos en su pelo mojado y los tuvo allí un minuto, luego hizo que se levantase.

–Quiero… –dijo ella.

–Ahora no –le dijo él, que sabía que estaba cerca de su límite y que lo que quería en realidad era estar dentro de ella–. Quítate el bañador.

Macy arqueó una ceja.

–Venga –insistió él en tono autoritario.

Ella retrocedió y se bajó el bañador. Cuando se inclinó, sus pechos se balancearon y Chris alargó las manos para acariciárselos. Macy se giró para dejar el bañador encima de la manta.

Chris le puso la mano en el hombro para que no se diese la vuelta y poder admirar su desnudez por la espalda. Allí tenía más cicatrices. Las recorrió con los dedos y luego la abrazó con fuerza.

Le acarició el estómago y luego bajó una mano al interior de sus muslos mientras con la otra le acariciaba los pechos.

Macy apretó las caderas contra él. Chris introdujo un dedo en su sexo y la acarició, y ella se giró y levantó el rostro para pedirle un beso.

Chris la besó sin apartar la mano de su sexo para asegurarse de que estaba preparada para recibirlo.

Luego la tumbó en la manta y le separó las piernas.

Buscó en sus pantalones vaqueros y encontró el preservativo que había puesto en el bolsillo trasero. Lo abrió mientras Macy le acariciaba la erección y apretó los dientes para disfrutar de sus caricias.

–¿Te gusta? –le preguntó ella.

–Mucho.

Pero tenía que ponerse el preservativo y estar dentro de ella cuanto antes, así que le apartó la mano y se lo puso. Luego se tumbó encima de ella, cubriéndola con su cuerpo, y colocó la punta de la erección sobre su sexo.

Allí esperó y la miró. Estaba ruborizada, tenía los pezones erguidos y las piernas abiertas, esperándolo.

La fue penetrando despacio, tomándose su tiempo porque quería que aquello durase.

Ella lo agarró por la nuca y le susurró:

–Hazme tuya, Chris.

Y aquellas palabras le hicieron perder el control. La penetró con fuerza, profundamente, y la besó al mismo tiempo. Le metió la lengua en la boca, imitando el ritmo de sus caderas. Cada vez estaba más cerca del clímax, pero no quería alcanzarlo sin ella. Metió una mano entre sus cuerpos y la acarició hasta hacerla gemir, hasta que notó que sus músculos internos se contraían.

Solo entonces se dejó llevar por el placer. Cuando hubo terminado, apoyó la cabeza en su pecho, sin dejar caer todo el peso de su cuerpo en ella, que lo estaba abrazando.

Chris supo que debía decir algo, pero no tenía palabras. Solo sabía que había encontrado a la mujer a la que, sin darse cuenta, había estado buscando. Le resultó extraño que fuese Macy, porque ella era el motivo por el que se había marchado de allí. Se tumbó de lado y la abrazó, y ambos se quedaron dormidos.

Macy se despertó al notar los labios de Chris en los suyos. Oyó a lo lejos a los caballos rumiando y la brisa balanceando las hojas de los árboles sobre sus cabezas. Abrió los ojos y vio que tenía a Chris encima, mirándola. Le sonrió.

Se dio cuenta de que en realidad estaba tumbada de lado, con Chris enfrente, apoyado en un codo. Sintió vergüenza de su cuerpo. Cerró los ojos y notó cómo él dibujaba su rostro con las puntas de los dedos. Notó que le tocaba la cicatriz que tenía encima del labio y abrió los ojos para ver su reacción.

Luego tomó su camiseta y empezó a ponérsela.

—No me digas que todavía te da vergüenza –le dijo él.

—Sí. Tú eres tan perfecto –le contestó.

—No lo soy.

Chris le quitó la camiseta de las manos y se sentó a su lado. La acarició.

Macy contuvo la respiración al ver cómo la miraba, como si nunca hubiese visto algo tan bello. Levantó la mano para acariciarle los labios con la punta de los dedos.

Se sentía como si hubiese vuelto a nacer entre sus brazos. Ya no le daba miedo su feminidad.

Lo empujó para que se tumbase boca arriba y se arrodilló a su lado.

—¿Qué haces? –le preguntó Chris.

—Quiero explorarte.

Él se incorporó, apoyándose en los codos.

—Pues explora.

Y Macy lo hizo. Empezó por el cuello y los hombros y luego fue bajando poco a poco. Chris la abrazó contra su pecho y ella se quedó allí tumbada, disfrutando de la paz del momento. Hacía mucho tiempo que no se sentía así, tan relajada con otra persona.

Era extraño que esa persona fuese Chris Richardson.

Chris se despertó cuando el sol ya se estaba poniendo y despertó a Macy también. Se vistieron en silencio y le costó mantener las manos apartadas de ella. A partir de ese día, no volvería a verla de la misma manera.

Quería casarse con ella y quería pedírselo cuanto antes, pero necesitaba un anillo. Macy se merecía lo mejor y eso era lo que iba a darle.

Cuando estuvieron vestidos, recogieron todo y Chris se sacó el teléfono móvil del bolsillo para hacerse una foto juntos.

–Ha salido bien. ¿Me la mandas? –le preguntó Macy.

–Por supuesto.

Le envió la fotografía y luego la ayudó a subirse a su caballo antes de montar al suyo también.

Hizo otra fotografía de Macy a caballo, con la brisa despeinándola. Parecía libre, feliz. Nadie habría adivinado al ver aquella fotografía que había estado a punto de morir en un accidente, y él se alegraba de volver a estar en su vida.

Cuando llegaron al rancho Reynolds, llamaron a Tom, que se llevó los caballos. Macy parecía cansada y, a pesar de desear pasar la noche con ella, Chris supo que no podía ir a casa de su padre, ni llevarla a la de su madre. Necesitaba tener su propia casa en Royal.

–¿Podemos comer juntos mañana?

–Creo que podré hacerte un hueco en mi agenda –le respondió ella sonriendo.

–Tengo una reunión por la mañana en el club, ¿quieres que quedemos allí? –le preguntó él.

–Me parece bien.

La acompañó hasta la casa de su padre y observó el porche que la rodeaba. De adolescente, siempre había deseado sentarse allí, en el columpio y tomar la mano de Macy, pero no había tenido la oportunidad de hacerlo.

–Gracias por todo –le dijo ella–. En especial, por tu ayuda ayer en el hospital.

–Debería ser yo quien te diese las gracias –le dijo Chris abrazándola.

–¿Por qué?

–Por tener un corazón tan grande. Al haber hecho participar a mi madre en el proyecto, se ha olvidado de su salud. Y por ayudar a los niños de la unidad de quemados. Además, esta tarde me has hecho volver a pensar en su sueño que había abandonado hace mucho tiempo.

Macy lo abrazó con fuerza.

–Tú también me has dado algo muy especial. Todo el día. Ayer me sentí fatal cuando Abby me contó lo de los rumores, y no quiero volver a sentirme así nunca.

–Yo tampoco quiero hacerte sufrir, Macy –le dijo él, mirándola a los ojos–. Te prometo que nunca te haré daño.

–Ya lo sé.

Chris inclinó la cabeza y la besó. La abrazó con fuerza y supo que era suya y que iba a comprarle un anillo y pedirle que se casase con él al día siguiente.

Su corazón y su alma eran de Macy Reynolds, aunque todavía no estuviese preparado para decírselo. Se preguntó si debía pedirle la mano a Harrison.

–Macy, ¿Sabe tu padre que estamos saliendo juntos?

–Tal vez tenga sus sospechas, pero no hemos hablado del tema –le contestó ella.

–¿Significa eso que no se opone a lo nuestro? –le preguntó Chris.

Aquel era un tema que le preocupaba. Aunque Harrison había dicho que lamentaba haber interferido entre ambos en el pasado, eso no significaba que le pareciese bien como yerno.

–La verdad es que no lo sé, pero no te voy a dejar Chris. Por nada en el mundo.

–¿Ni siquiera por un coche nuevo? –bromeó él.

–No quiero nada material. Y tú me importas.

–Tú también me importas. Quiero…

***

En ese momento vieron aparecer un enorme Chevrolet en el camino. Harrison Reynolds bajó de él y saludó a la pareja.

–¿Richardson? ¿Qué estás haciendo aquí? –preguntó.

–Lo he invitado a dar un paseo a caballo –contestó Macy.

–Estupendo. ¿Por qué no te quedas a cenar? –lo invitó su padre.

Chris no supo si quería quedarse. Harrison le preguntaría por los concursos que no había ganado y no le apetecía hablar de trabajo.

–De acuerdo, siempre y cuando no hablemos de negocios.

–¿Y de qué vamos a hablar entonces? –preguntó Harrison.

–De mi proyecto en la unidad de quemados, papá. ¿Quieres saber cómo salió?

–Por supuesto que sí, Macy. Entrad a tomar algo.

Harrison sujetó la puerta y Macy entró la primera, seguida de Chris. Por un momento, este pensó que iba a tomarse una copa con el hombre que en una ocasión le había pedido que no se acercase a su casa ni a su hija. Sabía que había pasado mucho tiempo desde entonces, pero por un segundo tuvo la sensación de que había sido el día anterior.

–¿Estás bien? –le preguntó Macy mientras su padre iba hacia el bar.

–Sí –mintió él, sintiéndose incómodo.

–¿Qué vas a tomar, Macy? –le preguntó Harrison a su hija.

–Un Martini, papá. ¿Quieres que lo prepare yo?

–No. ¿Y tú, Chris?

–Lo mismo.

Macy fue a sentarse al sofá de cuero y Chris se instaló a su lado. Ella le tomó la mano.

Harrison los miró fijamente y Chris volvió a sentirse como con dieciocho años, le soltó la mano a Macy y se puso en pie.

–Acabo de acordarme de que tengo que trabajar. Será mejor que me marche. Gracias por el paseo, Macy.

–De nada. Ha sido muy especial.

–¿Qué ha sido tan especial? –quiso saber Harrison.

–Pasar la tarde con Chris –respondió ella.

–¿Me acompañas? –le preguntó Chris a Macy. Ella asintió y fue hacia la puerta.

–Adiós –le dijo, dándole un beso.

–Adiós –respondió él.

Harrison estaba detrás de su hija, mirándolo fijamente.

–Adiós, señor –añadió Chris.

–Nos veremos mañana en el club, Richardson. Todavía tenemos muchas cosas de las que hablar –le contestó Harrison.

Chris se marchó con la sensación de que al día siguiente su conversación no sería solo de negocios, pero estando en su terreno, no le importa-

154

ría. Se subió al coche pensando que no tenía por qué doblegarse ante Harrison Reynolds.

Era más que aceptable para su hija, y no iba a permitir que nadie impidiese que fuese suya.

Ni siquiera Harrison Reynolds.

Capítulo Once

El club estaba lleno de personas que habían formado y formaban parte de la junta directiva y Chris pensó que iba a ser un día duro. Abby Langley lo fulminó con la mirada nada más entrar en el salón acompañada de un tipo alto y delgado, con el pelo moreno y rizado, que debía de ser su promotor inmobiliario.

Brad ya estaba sentado y Chris se acercó a su amigo y ocupó la silla que había a su lado.

–Buenos días.

–Me alegro de que hayas llegado temprano. Acabo de enterarme de que Abby va a proponer a otra persona para que haga el trabajo –le dijo Brad.

–Me enteré anoche. ¿Tienes idea de quién es?

–Por desgracia para nosotros, es Floyd Waters. Es miembro del club.

Chris sacudió la cabeza.

–En ese caso, tiene muchas papeletas para ganar, ¿no?

–La verdad es que no. A algunos de los miembros más antiguos no les gustan los cambios que propone Abby, que solo es miembro honorario del club.

–¿Y qué quieres que haga yo? –le preguntó Chris–. Podría intentar averiguar cuáles son sus ideas...

–No. Ella ha convertido esto en una guerra. Que Floyd le haga su proyecto. Tú y yo seguiremos tal y como teníamos planeado.

Brad estaba muy tenso y era la primera vez que Chris lo veía así.

Las elecciones del club y la posibilidad de que se admitiese a las mujeres en él tenía a media ciudad de los nervios, así que, en cierto modo, habría deseado estar en Dallas, lejos de tantos líos.

Había ido allí a presentar su proyecto y, cuando terminase, se marcharía.

Tal vez estuviese allí por motivos laborales, pero en esos momentos, Macy y su madre eran los principales motivos por los que estaba en Royal.

Se tocó el bolsillo de la chaqueta y notó la caja de terciopelo que había guardado en él. Había tenido que tirar de algunos hilos para conseguir que el joyero le abriese la tienda muy temprano esa mañana, pero estaba contento con el anillo de diamantes que había elegido.

Poco a poco fueron llegando mujeres a la reunión. Eran las hermanas, esposas e hijas de los miembros del club. Chris sacudió la cabeza.

–Va a ser una reunión muy larga.

–Tenía que haberla convocado cerrada –comentó Brad.

—No creo que hubiese sido mejor –le dijo Chris.

—Tienes razón. ¿Estás preparado?

—Sí.

Harrison se sentó a su lado y le dijo:

—Tenemos que hablar después de la reunión.

—He quedado a comer con Macy.

—Pues dile que es mejor que quedéis a cenar –le pidió Harrison.

—No estoy seguro de querer hacerlo.

—Por supuesto que sí –insistió Harrison–. Ahora que Macy y tú estáis saliendo otra vez, tenemos que hablar.

Chris apretó el puño por debajo de la mesa. Así que el viejo sabía lo suyo con Macy y seguía sin parecerle bien, pero en esos momentos no podía preocuparse por Harrison, tenía que centrarse en la reunión y en hacer la mejor presentación posible.

En cierto modo, se sentía juzgado delante de todo Royal. Como si el hijo de un trabajador de la petrolera no fuese lo suficientemente bueno para el Club de Ganaderos de Texas. Ni siquiera para una alborotadora como Abby.

Y odiaba aquella sensación.

—Vamos a empezar la reunión –anunció Brad, poniéndose en pie–. Chris Richardson ha venido a presentarnos su proyecto de construcción de las nuevas instalaciones.

–Antes de que empecemos, me gustaría pedir que también permitamos presentar su proyecto a Floyd Waters –pidió Abby.

–¿Por qué? –preguntó Brad.

–Porque yo también soy candidata a la presidencia –dijo Abby–. Y dado que el proyecto no se va a llevar a cabo hasta después de la votación, deberíamos escuchar a ambos promotores.

Se oyeron murmullos en la habitación y Chris se dio cuenta de que, de todos modos, no iba a salir de allí antes de la hora de comer, así que le mandó a Macy un mensaje pidiéndole que se viesen mejor para cenar.

–Qué pesada es –comentó Brad entre dientes, refiriéndose a Abby.

–A estas alturas, ya deberías estar acostumbrado –le contestó Chris.

–Es cierto, pero estaría bien que, por una vez, hubiese mantenido la boca cerrada.

Chris se echó a reír.

–Eso es imposible para cualquier mujer de Royal.

–Tienes razón, le ocurre hasta a mi hermana –comentó Brad.

Chris no conocía mucho a Sadie, pero imaginaba que era tan testaruda como su hermano.

Escuchó las ideas de Floyd y su presentación, y tuvo que admitir que eran buenas.

Cuando le tocó a él, hizo lo que hacía siempre en ese tipo de reuniones e hizo todo lo posible para convencer a todo el mundo de que era el mejor para hacer el trabajo. Mientras hablaba, pensó en Harrison Reynolds y que seguía sin considerarlo suficientemente bueno para Macy.

Era casi la hora de la comida cuando Macy oyó el teléfono. Deseó que fuese Chris para decirle que la reunión había terminado y que podían comer juntos.

–Hola, Macy, soy Maggie Richardson. Quería hablar contigo de las chaquetas que estoy haciendo para el siguiente desfile, ¿tienes algo de tiempo?

–La verdad es que tengo la hora de la comida libre. ¿Te viene bien? –le preguntó Macy a la madre de Chris.

–Sí. He hablado con Norma Jones, que está en la junta del hospital, y le gustaría que ampliásemos el desfile a todos los niños, no solo a los de la unidad de quemados –le contó Maggie.

–Me parece bien. Hablaremos con ella también.

–Había pensado en llamarla hoy y preguntarle si puede venir a vernos.

–De acuerdo. ¿Quedamos en el Royal Dinner dentro de cuarenta y cinco minutos?

–Perfecto, espero que no te moleste que haya preparado esta reunión.

–En absoluto. El otro día salió todo fenomenal y todo el mundo disfrutó mucho, así que quería organizar otro desfile –le dijo Macy–. Tengo un par de ideas que podríamos utilizar para la próxima vez.

–Estoy deseando oírlas –le contestó Maggie–. Hasta dentro de un rato.

Macy colgó el teléfono pensando en lo ocupada que estaba últimamente. Había cambiado mucho desde la operación, de la que solo hacía unas semanas. Antes de esta, se había limitado a trabajar desde el despacho de casa y a montar a caballo sola.

Su vida nueva le encantaba.

Trabajó un rato más y luego tomó el coche para ir a comer.

Aparcó, pero cuando iba a entrar, recordó que alguien de allí había hecho correr el rumor de que Chris solo quería vengarse de ella y dudó un instante antes de decirse que no iba a permitir que un cotilleo la disgustase.

Se puso bien recta y entró en la cafetería con la cabeza alta. Pidió una mesa cerca de la ventana para poder ver a Maggie cuando llegase.

Una de las camareras la miró fijamente y ella le aguantó la mirada hasta que la chica se acercó a ella y le dijo:

–Me suena tu cara, pero no sé quién eres. ¿Nos conocemos?

–No lo sé, soy Macy Reynolds.

–Yo, Lucy Bell, creo que fuimos al instituto juntas.

–Sí –respondió Macy–. Estuvimos juntas en el grupo de animadoras.

–Es verdad. Acabo de volver a Royal.

Estuvieron charlando unos minutos más y decidieron quedar a tomar algo. Lucy estaba en contacto con las demás animadoras y quedaban todas las semanas, e invitó a Macy a unirse a ellas la siguiente vez que se reunieran.

Lucy se machó cuando llegó Maggie.

–Vamos a pedir y luego te enseñaré los dibujos que he hecho. Creo que podría haberlo hecho mejor la vez anterior si hubiese sabido cómo eran los vendajes –comentó Maggie.

–Fue perfecto.

Las dos mujeres pidieron una ensalada y una Coca–Cola light y hablaron de moda. Decidieron ponerse en contacto con los padres de los niños que estaban en la unidad de quemados y en la de oncología.

–¿Quieres que los llame yo? –sugirió Maggie.

–Sería estupendo, porque yo tengo mucho trabajo.

–¿A qué te dedicas?

–Soy analista financiero en Reynolds Construction –contestó Macy, sintiéndose avergonzada por trabajar para su padre–. Trabajaba en una cadena hotelera, pero después del accidente…

–No hace falta que me des explicaciones. Es impresionante todo lo que haces, teniendo en cuenta todo lo que has pasado.

Macy se ruborizó.

–Tú también acabas de salir del hospital.

–Es diferente, no tiene nada que ver con recuperarse de un accidente tan grave. Espero que no te importe que te lo diga así.

Macy sonrió. Maggie le recordaba mucho a Chris. Ambos eran igual de directos.

–No. Chris se parece mucho a ti.

–Estoy de acuerdo en eso. Y odio que viva tan lejos de aquí. Lo echo mucho de menos.

–Seguro que sí. Podríamos intentar encontrar la manera de que venga más a menudo.

–¿Las dos?

–Sí. Yo también quiero que pase más tiempo aquí –le dijo Macy–. Sé que no lo traté como se merecía en el instituto, pero he cambiado y tu hijo me importa mucho.

–Me alegro. Tenía la esperanza de que surgiese algo entre vosotros –comentó Maggie.

–Yo también.

Las dos disfrutaron del resto de la comida y Macy se dio cuenta de lo segura que se sentía de sí misma y de su nueva relación con Chris. Había tenido que pasarlo muy mal para llegar hasta aquel momento de su vida, pero había merecido la pena.

Era la reunión más complicada en la que había estado Chris.

Abby había hecho algún que otro comentario negativo acerca de todos los puntos de su proyecto y se preguntó si lo hacía solo porque le gustaba llevar la contraria en todo o porque pensaba que estaba allí para aprovechar la ocasión y vengarse por su amiga.

Prefirió darle el beneficio de la duda e intentó pensar que Abby solo quería lo mejor para el club, pero tuvo la sensación de que tanto ella como el resto de las mujeres deseaban tanto tener los mismos derechos que los hombres en el club que iban a convertir cualquier decisión en una guerra.

Cuando la reunión hubo terminado, fue a tomar una copa al bar con Brad. No hacía ni un minuto que este se había marchado cuando se le acercó Harrison.

—¿Qué estás tomando? –le preguntó.

—Whisky solo –respondió él.

—Yo me tomaré otro… que sea doble, por favor –le dijo Harrison al camarero–. Vamos a alguna parte donde podamos hablar sin interrupciones.

Chris supo que, al menos, le tenía que decir a Harrison que, independientemente de lo que él dijese, le iba a pedir a Macy que se casase con él.

De manera que asintió y lo siguió hacia una zona más resguardada de la vista de los demás en la que había varios sillones de cuero marrón y se sentó de espaldas a la puerta.

Harrison lo siguió poco después.

—Qué infierno de reunión –comentó.

—Estoy de acuerdo. Dudo que después de hoy todas las personas que querían formar parte del club sigan haciéndolo.

–Yo creo que esas mujeres están convencidas de que ha llegado su momento. Me han gustado tus ideas. Parece que sabes qué es lo que necesita el club.

–Gracias, señor –le dijo Chris, que había pensado que Harrison iría directo al grano y le hablaría de Macy.

–Sigo queriendo participar en el proyecto.

–Lo sé, todavía no hemos llegado a ese punto, pero lo tendré en mente cuando ocurra, no lo olvidaré.

–Bien. Ahora tenemos que hablar de Macy y tú.

–¿Qué pasa con nosotros? Somos adultos. Tengo un buen trabajo y, sin duda alguna, puedo mantener su nivel de vida.

–Se rumorea que solo has venido a Royal a vengarte.

–No es cierto. Ya he hablado de eso con Macy. Cuando me marché de Royal lo hice enfadado, es cierto, pero soy un hombre al que le gusta mirar al futuro, no al pasado.

Harrison asintió.

–Yo quiero creerte, hijo. De hecho, te creo, pero no sé si Macy también lo hará.

–Lo hace –le aseguró él, contento de haber hablado ya con ella–. ¿Es esa tu única preocupación?

–No. Aunque no hayas venido a vengarte, sé que vives en Dallas. Así que quiero que me des tu palabra de que no la vas a engañar.

–Harrison, esta conversación denota lo poco que me conoces. No voy a prometerte nada.

Se guardaba todas las promesas para Macy. Dio un trago a su copa y se frotó la nuca.

–He accedido a hablar contigo porque voy a casarme con ella, con o sin tu permiso, y quería asegurarme de que no hubiera rencor entre ambos.

–Eso me gusta. Si te casas con Macy podríamos pensar en fusionar nuestras empresas. Me gusta como suena, Reynolds-Richardson Builders.

–No me interesa fusionar nuestras empresas –le contestó Chris, que había trabajado muy duro para llegar donde estaba y quería seguir siendo su propio jefe.

–Podría ponéroslo muy difícil si no aceptas mis condiciones –le advirtió Harrison.

Chris no daba crédito a lo que acababa de oír y estaba empezando a enfadarse.

–No me fusionaría con tu empresa ni aunque me ofrecieses a Macy en bandeja de plata.

Harrison asintió y luego se echó hacia delante y le hizo un gesto a Chris para que se acercase a él.

–Ahora ya veo que eres sincero y que Macy te importa. ¿La quieres?

–Eso se lo tengo que decir a ella antes que a nadie, pero te aseguro que la cuidaré –Chris añadió–: Voy a pedirle que se case conmigo esta noche.

–En ese caso, cenaré con vosotros –dijo Harrison.

Chris no daba crédito.

–No, quiero pedírselo en privado –le contestó Chris.

–Está bien, pero me pasaré a veros cuando vayáis por el postre. Y el tema de la fusión no está zanjado –le advirtió Harrison.

Chris puso los ojos en blanco. Harrison iba a ser un suegro insoportable.

–¿Esto es lo que hiciste con Macy hace catorce años, presionarla y presionarla hasta que obedeció?

–Sí –admitió Harrison sonriendo.

Chris se quedó pensativo un minuto, luego se terminó la copa y dejó el vaso en la mesa que tenía delante.

–Supongo que si me has dado la mano de tu hija, lo menos que podemos hacer es hablar de la fusión.

–Sabía que acabarías viéndolo como yo –dijo Harrison, tendiéndole la mano–. Comercialmente tiene sentido y siempre fuiste muy cariñoso con Macy, así que, con mi aprobación, lo tendrás más fácil para que te diga que sí.

Chris oyó un grito ahogado.

Levantó la cabeza y vio a Macy vestida con un vestido negro ajustado, llevaba el pelo recogido y los labios pintados de rojo.

–Eh, nena, qué sexy estás esta noche.

–No me hables así.

Era evidente que estaba enfadada, pero Chris no sabía por qué. Había pensado que le alegraría ver que su padre y él empezaban a llevarse bien.

Capítulo Doce

Macy estaba indignada. Se había pasado el día pensando que Chris era un tipo genial y nada más entrar al club lo había sorprendido haciendo negocios con su padre.

—No puedo creerlo.

—¿Qué te pasa, cielo? —le preguntó su padre.

—Tranquilízate, Macy. Tu padre y yo por fin hemos llegado a un acuerdo.

Eso la enfadó todavía más.

—Me da igual a qué acuerdo habéis llegado. No voy a formar parte de vuestros negocios. Pensé que lo habías entendido, Chris.

—No sé a qué te refieres… ¿a qué te refieres? —le preguntó él.

—Mi padre te está ofreciendo algún tipo de soborno.

—Bueno, es cierto que he negociado un poco con Chris, pero no es culpa suya, Mace —le dijo su padre.

—Papá, estoy cansada de que intentes siempre organizarme la vida.

Harrison se levantó y se acercó a ella.

—Escúchame, hija, no estoy intentando organizarte la vida.

–Claro que sí, aunque creo que no te das cuenta. En parte ha sido culpa mía porque he permitido que me des un trabajo y estoy viviendo en tu casa, pero voy a dejar de hacerlo.

–Me alegro, hija, pero no tienes por qué enfadarte conmigo. Solo quiero lo mejor para ti y sé cómo...

–No, papá, no sabes nada. Dimito. No voy a seguir trabajando para ti ni viviendo en tu casa.

–No deberías dejar tu trabajo sin haber encontrado otro antes –le dijo su padre.

–No es tu problema, papá. Voy a recuperar las riendas de mi vida y a tomar mis propias decisiones a partir de ahora.

Harrison sacudió la cabeza.

–Mira que eres cabezota. Habla con ella, Chris.

–Macy –dijo este.

–Ahora no quiero hablar contigo.

–Cariño, estás exagerando –añadió él.

Macy no estaba de acuerdo.

–No estoy exagerando. Si hubieses sido tú el que nos hubieses sorprendido a tu madre y a mí haciendo lo mismo, también te habrías enfadado. ¿Por qué los hombres pensáis que podéis organizarme la vida a mis espaldas?

–No pensamos eso –le dijo Chris.

–Entonces, ¿por qué te estabas tomando una copa con mi padre y diciéndole que ibas a pedirme que me casara contigo? –inquirió.

–Porque quiero que seas mi esposa –respondió Chris–. Es evidente. Y sé que tú también lo quieres, porque no eres de las mujeres que se acuesta con un hombre si no quiere casarse con él –añadió, acercándose para que solo lo oyese ella.

Macy dio un grito ahogado y retrocedió antes de darle una bofetada. ¡Cómo se atrevía!

–No puedo creer que me hayas dicho eso. No quiero seguir hablando contigo. Cena con mi padre y cerrad el trato con respecto al club, pero a mí dejadme fuera, Christopher Richardson.

Y dicho aquello se dio la media vuelta y salió del club. Una vez fuera, estuvo a punto de derrumbarse. Estaba cansada, enfadada y tan dolida que solo quería hacerse un ovillo y morirse.

Oyó que la puerta se abría tras de ella. Se giró con la esperanza de ver a Chris, pero en su lugar apareció un hombre moreno al que no conocía.

Fue hasta su coche y lo puso en marcha. No sabía adónde ir y terminó en un hotel de carretera. Alquiló una habitación y se sentó en la cama intentando no llorar.

Ni siquiera después del accidente se había sentido tan rota por dentro.

Se tumbó, se abrazó a la almohada y empezó a llorar.

Pero pronto se dijo que no podía quedarse allí sin hacer nada. Tenía que poner en marcha un plan. Al día siguiente se llevaría las cosas de casa de su padre y llamaría a su jefe de Starwood. Era una empresa internacional, así que seguro que podía ofrecerle trabajo fuera de Royal, porque había llegado el momento de marcharse.

Aquella sería la única manera de que su padre se diese cuenta de que iba en serio y de que no iba a permitir que siguiese dirigiendo su vida.

Tomó el cuaderno que había en la mesita de noche y empezó a hacer una lista, pero su mente pronto pasó a pensar en Chris.

¿Por qué no le había pedido directamente que se casase con él? Quería desenamorarse de él, pero sabía que aquella herida iba a tardar un tiempo en cerrarse.

Dos días después Macy seguía sin devolverle las llamadas y Chris tenía que tomar una importante decisión. Podía seguir luchando por el proyecto de reforma del club y dejar que Macy pensase que eso le importaba más de lo que realmente le importaba, u olvidarse de él y encontrar la manera de recuperarla.

Sorprendente, fue una de las decisiones más fáciles que había tenido que tomar en toda su vida. Tomó el teléfono y llamó a Brad para contársela.

—Tengo demasiados compromisos y voy a tener que retirarme de este —le dijo.

—¿Puedo hacer algo para que cambies de opinión? —le preguntó Brad.

—Lo siento, pero no. Creo que Floyd hará un buen trabajo.

—Sí, pero es Abby quien lo ha encontrado.

–Y no permitirá que se te olvide.

–Seguro que no. Gracias por llamar –le dijo Brad antes de colgar.

Chris llamó después a Harrison, pero le saltó el contestador, así que le dejó un mensaje pidiéndole que le devolviese la llamada.

Después llamó a la floristería y pidió que le enviasen una docena de rosas a Macy. Sabía que estaba en su casa porque se había pasado por allí la noche anterior, aunque no había llamado a la puerta.

Quería hacer las cosas bien y que la siguiente vez que se viesen, ella accediese a ser su esposa.

Intentó trabajar, pero supo que no podría hacerlo hasta que no hubiese recuperado a Macy.

Seis horas después por fin hablaba con el padre de Macy, que accedió a pasarse a verlo.

Tanja llamó a la puerta cuando acababa de colgar.

–Esto… acaban de traer una docena de rosas de la floristería… El chico dice que la señora a la que se las has mandado las ha rechazado.

–Maldita sea.

–Lo siento, Chris. ¿Hay algo que pueda hacer? –le preguntó Tanja.

–Llevarte las rosas a casa –le dijo él–. Estoy esperando a Harrison Reynolds. Hazlo pasar en cuanto llegue.

Unos minutos después aparecía Harrison.

–Aquí estoy. ¿Qué querías? –preguntó, cerrando las puertas tras de él.

173

–Tenemos que hablar y no quiero que nos oiga nadie.

–Me parece bien. ¿Has tenido noticias de Macy?

–No –respondió Chris–. Y supongo que ha cumplido con su palabra y ha dimitido.

–Sí. Y se ha ido de mi casa también. Lo ha hecho mientras yo estaba trabajando –le contó Harrison.

–Lo sé. Ayer mandé a uno de mis hombres a buscarla, pero me lo mandó de vuelta después de referirse a mí con toda una sarta de insultos.

Chris no pudo evitar echarse a reír.

–Quiero a su hija, Harrison, y voy a hacer lo que haga falta para que vuelva conmigo. Ya he rechazado el proyecto del club.

–Me lo había imaginado. En realidad, no necesitas el trabajo.

–Lo más importante para mí es Macy, y estoy dispuesto a demostrárselo.

–Bien. Siento haber insistido en lo de la fusión. Es solo… que Macy es lo único que tengo y quiero que la empresa sea para ella y para sus hijos. Y sé que si la dejo en manos de alguien que no sea de la familia, no irá tan bien como en tus manos.

–Gracias por el cumplido. Ya hablaremos de eso cuando Macy y yo llevemos casados cinco años.

–De eso nada –contestó el padre de Macy riendo.

–Harrison, será mejor que entiendas que Macy es mi única oportunidad de ser feliz en la vida. Ya me la estropeaste una vez y no voy a permitir que vuelva a ocurrir.

–Entendido, chico.

–No me llames chico. Ya no soy el hijo de un obrero de la petrolera. Estoy a la misma altura que tú y voy a ser tu yerno.

Harrison apoyó la espalda en su sillón y estudió a Chris.

–¿Qué vas a hacer?

–Voy a volver a Dallas e intentar recuperarla desde aquí. Quiero que empecemos de cero.

–De acuerdo. Cuando la hayas convencido, llámame, Macy es lo único que tengo en este mundo y quiero estar a su lado.

Chris lo entendió. Su madre era igual que él.

–De acuerdo, pero quiero que traigas a mi madre contigo. Desayunaremos todos juntos el día después de que Macy haya accedido a casarse conmigo.

–Si es que accede –dijo Harrison.

–Eso espero. Ahora, necesito hablar con alguien a quien Macy vaya a escuchar.

–Entonces, necesitas a Abigail Langley. Macy confía en ella.

–Me odia –comentó Chris.

–A mí no. La llamaré y veré qué podemos hacer –le dijo Harrison.

–¿Por qué me ayudas? –le preguntó Chris.

–Porque durante las últimas semanas, Macy ha

estado más feliz que nunca contigo. Sé que encontrarás la manera de recuperarla y quiero formar parte de ello.

–¿Por qué´?

–Porque vas a ser el padre de mis nietos y voy a querer verlos.

Chris se echó a reír al oír aquello. Estaba decidido a recuperar a Macy, pero no lo veía tan claro como su padre.

Macy rechazó el cuarto ramo de flores de los últimos días y volvió a ponerse a trabajar. Seguía enfadada a pesar de echar mucho de menos a Chris.

No dormía por las noches porque soñaba con él. Era lo más duro. Por el día, buscaba trabajo y organizaba el desfile que tendría lugar en el hospital en diciembre.

No había ido a ver a Maggie para no encontrarse con Chris, pero tenía que dar su aprobación a los nuevos diseños. Se miró el reloj e imaginó que, a esas horas, Chris estaría trabajando.

Así que se subió al coche y fue a ver a Maggie, que la recibió con una sonrisa.

–Hola, Macy, cuánto me alegra que hayas venido a verme.

–He venido a ver los diseños nuevos, pero tenemos que darnos prisa, no quiero estar aquí cuando Chris vuelva del trabajo.

–Ah, pero si Chris se ha vuelto a Dallas –le

contó Maggie–. Pensé que ese era el motivo por el que venías a verme hoy.

–No lo sabía. ¿Y su trabajo en el club?

–Lo ha rechazado. Al parecer, está demasiado ocupado –le dijo Maggie.

Macy no supo qué decir ni cómo actuar. Estaba confundida. Maggie fue a por los dibujos y ella se dijo que había estado esperando con la esperanza de que Chris fuese a pedirle perdón.

Pero ella no había querido responder a sus llamadas ni había aceptado sus flores. Y al enterarse de que se había marchado deseó hablar con él, pero era demasiado tarde.

–Aquí están –dijo Maggie, volviendo al salón y dejando los bocetos encima de la mesa del comedor.

–¿Y por qué se ha marchado así? –le preguntó Macy.

–No lo sé. Dijo que volvería para el desfile de Navidad.

Macy no quería tener que esperar hasta diciembre para verlo, pero tendría que hacerlo. No se podía conformar con una disculpa y un ramo de flores. Chris le había hecho mucho daño.

–Todo me parece bien, Maggie. Me encantaría quedarme un rato a charlar contigo, pero he quedado en ir al hospital.

Salió de casa de la madre de Chris y se subió al coche. Chris se había marchado de Royal sin decírselo.

Sacó el teléfono móvil, lo desbloqueó y le dio

sin querer al álbum fotográfico. La imagen de Chris y ella el día que habían hecho el amor ocupó toda la pantalla. Ambos parecían felices.

¿Cómo podían haber llegado a ese punto? ¿Se habría precipitado? ¿Debía ir a hablar con su padre?

Suspiró y se inclinó hacia delante para apoyar la cabeza en el volante.

Luego arrancó el coche. El teléfono móvil le sonó justo cuando iba a salir a la carretera.

–Hola. ¿Qué pasa?

–Necesito que me ayudes otra vez con los flamencos.

–No puedo.

–Si todavía no te he dicho lo que tenemos que hacer con ellos –protestó Abby.

–Chris se ha marchado a Dallas.

–No me digas. Pensé que seguía mandándote flores todos los días.

–Y lo hace, pero tal vez hoy haya sido el último día. No sé qué hacer.

–Para empezar, sal de casa –le aconsejó Abby.

–Nos besamos delante de los flamencos, no puedo ayudarte con eso –le contó Macy.

–De acuerdo. Deja que piense un poco y ahora te vuelvo a llamar.

Macy colgó y unos minutos después llegaba a su casa. Entró, cerró la puerta y entonces se dio cuenta de que se estaba aislando del mundo igual que después del accidente. Esa tarde era la primera vez que salía de casa desde que había deja-

178

do el trabajo y le había dicho a Chris que no iba a casarse con él.

Había vuelto a convertirse en la mujer que había sido antes de que Chris llegase a Royal y no quería ser era persona. Le gustaba salir.

Tenía que decidir que Chris formase parte de su vida. Se inclinó y se miró en el espejo del pasillo. Tenía un rostro nuevo y su cuerpo estaba completamente recuperado. No había trabajado tan duro para luego darle la espalda al amor.

Necesitaba un plan nuevo y una lista nueva. Una lista que la condujese hasta la única cosa que deseaba de verdad: que el hombre al que amaba fuese su marido.

Solo tenía que averiguar cómo encontrarlo en Dallas. Seguro que Maggie la ayudaba cuando le dijese lo mucho que quería a su hijo.

Capítulo Trece

–Tengo al teléfono a Abigail Langley. Dice que es urgente –le dijo Bettina, que era la secretaria de Chris en Dallas.

–Pásamela –respondió él–. Hola, soy Chris –le dijo después a Abby.

–Soy Abby Langley. Harrison me ha dicho que querías hablar conmigo.

–De eso hace ya tres días –replicó Chris, arrepintiéndose al instante.

–¿Todavía me necesitas o no? –preguntó ella en tono impaciente.

–Sí. Quiero que Macy vuelva conmigo, pero no responde a mis llamadas.

–No me extraña. No se hacen trueques con las mujeres.

Chris estaba cansado de que lo acusasen de algo que no había hecho.

–Deberías enterarte bien de los hechos, creo que estás equivocada.

–Pues eso es lo que piensa Macy. ¿Qué quieres que haga?

–¿Podrías traerla a Dallas? Ella no lo haría si se lo pidiéramos su padre o yo, pero tú podrías sugerirle una escapada de chicas –se le ocurrió, y añadió–: Yo correré con los gastos, no te preocupes por el dinero.

–Si lo hago, me deberás un favor –le dijo Abby.

–¿Qué clase de favor?

–Que ayudes a Floyd Waters con tu experiencia.

–De acuerdo, pero tendrás que hacer todo lo que yo te diga –le pidió Chris.

–¿Qué tienes pensado?

–¿Tienes avión?

–Sí. ¿Quieres que la lleve a Dallas?

–Sí. Sospecharía si viese mi avión.

–De acuerdo. ¿Y para que vamos a Dallas?

–A pasar un fin de semana de chicas.

–Estupendo, y cuando tú la raptes, ¿qué voy a hacer yo? –quiso saber Abby.

–Volver a Royal y continuar con tu campaña para convertirte en la siguiente presidenta del Club de Ganaderos de Texas.

Ella se echó a reír.

–¿Y por qué debo ayudarte? ¿Me vas a prometer que no volverás a hacerle daño?

Chris llevaba cuatro días sin dejar de pensar en aquello.

–La quiero, Abby.

–¿De verdad?

–Por supuesto, si no, no te pediría ayuda. Macy es demasiado importante para mí.

–Prométeme que no le harás daño, Chris –insistió ella.

–Antes me moriría que hacerle daño a Macy –dijo él.

–De acuerdo.

Chris siguió con el plan.

–Vale… Gracias… Necesito que el viernes la traigas a Knox Street. Le puedes decir que vais de compras y yo le daré una sorpresa. ¿En qué tienda entraréis primero?

–En… Pottery Barn, una tienda de cerámica. Acaba de volver a su casa y seguro que necesita algo.

–Allí estaré. ¿Puedes mandarme un mensaje de texto cuando aterricéis?

–De acuerdo, pero si no quiere verte, me la traeré de vuelta.

–Está bien. Si no quiere verme, te prometo que saldré de su vida para siempre. Quiero que sea feliz.

–Eres un buen hombre, Chris.

–Lo intento –respondió él antes de colgar el teléfono.

Luego se levantó de su sillón y salió del despacho.

–Betinna, me voy a tomar la tarde libre –le anunció a su secretaria.

Fue a Knox Street, a ver la tienda en la que habían quedado. En la parte trasera había un gran aparcamiento y, por el precio adecuado, le reservaron la mitad para el viernes por la tarde.

Sabía que todo dependía de su plan.

Quería buscar una banda de música y flores suficientes para que aquello pareciese el jardín del Edén.

Cuando lo tuvo todo organizado volvió a su despacho y empezó a trabajar en los planos de la casa con la que siempre había soñado, imaginando a Macy en cada una de sus habitaciones.

Trabajó en ellos día y noche hasta el viernes por la mañana.

El día de la cita, cuidó especialmente su aspecto y cuando recibió el mensaje de Abby, diciéndole que estaban aterrizando, se limpió las sudorosas palmas de las manos en los pantalones y se subió a su Porsche.

Fue a Knox Street y esperó con la esperanza de poder darle a Macy el anillo que tenía en el bolsillo y que esta le dijese que quería ser su esposa.

No sabía si sería capaz de dejarla marchar si no le decía que sí.

Casi se le había olvidado respirar cuando vio entrar una limusina en el aparcamiento y la puerta se abrió.

A Macy le había gustado mucho la idea de Abby de ir a Dallas. Quería estar más cerca de Chris.

El vuelo le resultó corto y pronto estaban en tierra, en la limusina.

—Mi padre solía traerme aquí de compras antes de empezar las clases.

—Ya me acuerdo. Siempre te tuvo muy consentida —comentó Abby.

—Es cierto. Me ha resultado muy duro estar sin hablar con él, pero quiero que se dé cuenta de que no puede seguir jugando con mi vida.

Abby asintió.

—Has hecho lo correcto. ¿Cuándo vas a perdonarlo?

—Creo que ya lo he hecho. Solo nos tenemos el uno al otro y es la única persona a la que le importo.

La limusina se detuvo y el conductor se bajó a abrirles la puerta. Abby le hizo un gesto a Macy para que bajase primero y esta salió y se quedó de piedra.

Tenía delante a Chris vestido de esmoquin.

Una banda de música empezó a tocar y Chris se acercó a ella con los brazos estirados. Macy dudó, pero Abby salió de la limusina y la empujó hacia él.

—Venga, sabes que quieres ir con él.

—Es verdad.

Chris la tomó entre sus brazos.

—Sacrificaría todo lo que tengo por ti, Mazy. Eres lo más importante de mi vida y, sin ti, no tengo nada. Te quiero.

—Yo también te quiero, Chris.

Él se arrodilló y se sacó una caja de terciopelo negro del bolsillo. La abrió y le dijo:

–Macy Reynolds. Me enamoré de ti la primera vez que me sonreíste y fui un tonto por dejarte marchar con dieciocho años. Por favor, permite que te compense por los años perdidos pasando el resto de mi vida contigo.

–Christopher Richardson, no hay nada que desee más que ser tu esposa.

Chris gritó de alegría y le puso el anillo.

Un segundo después, la estaba besando y la hacía girar en el aire.

–Jamás volveremos a separarnos –dijo Chris.

–Estoy de acuerdo –contestó Macy.

A la mañana siguiente, Chris la despertó con un beso en los labios.

–Buenos días, mi bellísima prometida.

–Buenos días, mi futuro marido –respondió ella–. ¿Qué planes tenemos para hoy?

–Desayunar y organizarlo todo –le dijo él con tono seguro.

–¿Quieres que nos casemos en Dallas? Yo preferiría hacerlo en Royal.

–Si es lo que quieres, lo haremos allí, tal vez en el rancho de tu padre.

–Sí, pero antes tendré que hablar con él y arreglar las cosas.

–Después del desayuno.

Hicieron el amor en la ducha y luego se vistieron.

Bajaron al comedor y Macy vio que el ama de

llaves de Chris había preparado la mesa en el patio.

Nada más salir supo por qué.

–¿Papá?

–Espero que no te importe, pero quería ser el primero en felicitarte y en pedirte perdón por haber querido organizarte la vida.

Parecía cansado y preocupado. Se acercó a él y le dio un fuerte abrazo.

–Por supuesto que te perdono. Sé que solo estabas preocupado por mí.

–Y por tu futuro. Sé que Chris se ocuparía bien de Reynolds Construction cuando yo no esté, pero no voy a insistir más.

Ella le dio un beso en la mejilla.

–Gracias, papá. Me alegro mucho de que estés aquí esta mañana.

Maggie salió al patio y Macy se acercó a ella y le dio un beso. Parecía muy contenta y le tomó la mano a Macy para ver el precioso anillo de compromiso.

–Me alegro mucho de que hayáis resuelto vuestros problemas. No me gustaba veros separados.

–A mí tampoco –admitió Chris.

–Ni a mí –dijo Macy al mismo tiempo.

Chris le tomó la mano y la llevó hasta la mesa del desayuno.

–¿En qué piensas? –le preguntó.

–En lo estupendo que va a ser el futuro –respondió ella.

–Va a ser genial. Y podremos contar a nuestros hijos cómo su abuelo intentó que rompiésemos, pero no lo consiguió.

–No creo que sea buena idea, Chris –le dijo Harrison.

–¿Por qué no?

–¿Y si tienes una hija tan testaruda como Macy? Saldrá con cualquiera y, si intentas impedírselo, te dirá que te estás comportando como yo –dijo Harrison riendo.

Chris sacudió la cabeza.

Estaba deseando tener una niña que se pareciese a Macy.

–¿Vais a instalaros en Royal? –preguntó Harrison.

–Todavía no lo hemos hablado, pero a mí me gustaría vivir entre Dallas y Royal.

–Me gusta la idea –admitió Macy.

–A mí también –intervino Maggie.

–Todavía podemos trabajar juntos –añadió Harrison–. Ahora que hemos aclarado el malentendido.

–¿Malentendido? Mi empresa no hizo nada mal. Tus ofertas son mucho más caras que las de los demás.

–Ahora que vas a ser de la familia, tal vez pueda hacerte un descuento –le dijo Harrison.

Macy no pudo evitar echarse a reír.

Sospechaba que, a pesar del respeto que su padre y Chris se tenían, iban a seguir compitiendo.

Pero le daba igual. Todo lo que Chris hacía era para complacerla y ambos estaban deseando ser felices juntos.

En el Deseo titulado *Mi querida secretaria,*
de Barbara Dunlop,
podrás continuar la serie
CATTLEMAN'S CLUB

Deseo

La seducción del jeque

OLIVIA GATES

Al príncipe Fareed Aal Zaafer lo movía un solo propósito: encontrar a la familia de su difunto hermano. Cuando apareció Gwen McNeal pidiendo su ayuda, Fareed se sintió aliviado porque no fuera la mujer que buscaba, ya que deseaba reclamarla para él. Fareed era la última esperanza de Gwen, y también la más peligrosa. No solo la atraía irremediablemente, sino que se la llevó, a ella y a su bebé, a su reino, el último lugar en el que debería estar. Tendría que ocultar la verdad y negar a cualquier precio el deseo que había entre ellos. Porque, si no lo conseguía, el resultado sería desastroso.

Deseando lo prohibido

¡YA EN TU PUNTO DE VENTA!

Acepte 2 de nuestras mejores novelas de amor GRATIS

¡Y reciba un regalo sorpresa!

Oferta especial de tiempo limitado

**Rellene el cupón y envíelo a
Harlequin Reader Service®**
3010 Walden Ave.
P.O. Box 1867
Buffalo, N.Y. 14240-1867

¡Sí! Por favor, envíenme 2 novelas de amor de Harlequin (1 Bianca® y 1 Deseo®) gratis, más el regalo sorpresa. Luego remítanme 4 novelas nuevas todos los meses, las cuales recibiré mucho antes de que aparezcan en librerías, y factúrenme al bajo precio de $3,24 cada una, más $0,25 por envío e impuesto de ventas, si corresponde*. Este es el precio total, y es un ahorro de casi el 20% sobre el precio de portada. !Una oferta excelente! Entiendo que el hecho de aceptar estos libros y el regalo no me obliga en forma alguna a la compra de libros adicionales. Y también que puedo devolver cualquier envío y cancelar en cualquier momento. Aún si decido no comprar ningún otro libro de Harlequin, los 2 libros gratis y el regalo sorpresa son míos para siempre.

416 LBN DU7N

Nombre y apellido	(Por favor, letra de molde)
Dirección	Apartamento No.
Ciudad	Estado Zona postal

Esta oferta se limita a un pedido por hogar y no está disponible para los subscriptores actuales de Deseo® y Bianca®.
*Los términos y precios quedan sujetos a cambios sin aviso previo.
Impuestos de ventas aplican en N.Y.

SPN-03   ©2003 Harlequin Enterprises Limited

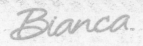

Era una tentación imposible...

Su propia hermana le había robado a su prometido. Como resultado de esto, Cherry Gibbs estaba perdida en Italia, con su coche de alquiler parado en medio de una carretera secundaria. Se estaba preguntando qué más podía salirle mal cuando, al levantar la vista, se encontró con la penetrante mirada de Vittorio Carella.

A pesar de que él tenía todo lo que ella se había jurado evitar, Cherry aceptó pasar la noche en su casa. Muy pronto, se vio seducida por las hábiles caricias de Vittorio. Sin embargo, aquello no podía ser real. Vittorio podría elegir cualquier mujer de la élite social de Italia. Entonces, ¿por qué se había fijado precisamente en ella?

Bodas en Italia

Helen Brooks

No quiero quererte
MAYA BANKS

¿Solo una noche? Sí, seguro. Pippa Laingley debería haber sabido que no sería así. Cuando una noche de pasión con Cameron Hollingsworth desembocó en un embarazo no planeado, Pippa se encontró en un atolladero. Sabía que el enigmático empresario había construido una fortaleza alrededor de su corazón. Había perdido a su familia en un trágico accidente y ahora Cam temía abrirse de nuevo.

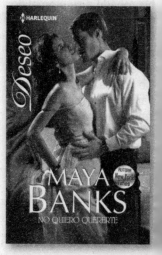

Cam sabía que iba a sufrir si dejaba que Pippa entrase en su vida y también si la apartaba de su lado ofreciéndole simple apoyo económico. En cualquier caso, estaba condenado... a menos que se permitiera amar otra vez.

¿Los uniría aquel embarazo?

¡YA EN TU PUNTO DE VENTA!